Editionen für den Literaturunterricht
Herausgeber: Dietrich Steinbach

Sturm und Drang

Lyrik

mit Materialien

Auswahl der Texte und der Materialien
von Friedrich Burkhardt

Ernst Klett Stuttgart

[ ] Vom Herausgeber eingesetzte Titel und Ergänzungen.
* Vom Herausgeber eingesetzte Fußnoten.
e. Jahr der Entstehung.
v. Jahr der Erstveröffentlichung.

1. Auflage 1 5 4 3 2 1 | 1983 82 81 80 79

Umschlag: Zembsch' Werkstatt, München.
Fotosatz: Ernst Klett, Stuttgart.
Druck: Ludwig Auer, Donauwörth.
ISBN 3-12-352500-7

Inhaltsverzeichnis

Vorwort 5

I. Die Sprache des Herzens und der Seele 7

1. Das Formprinzip des »Witzes« – Kunst und Leben als getrennte Bereiche 7
Georg Luis: Doris 7
Unbekannter Dichter: Das Mordgeschrei 8
Christian Felix Weiße: Der Kuß 8
Johann Wolfgang Goethe: Das Schreien 9
Johann Peter Uz: Ein Traum 9
Johann Wolfgang Goethe: Die Nacht 10
Johann Wolfgang Goethe: An den Mond 11

2. Aussprache des »Herzens« – Unmittelbarkeit des Gefühls, besonders in der Ode 12
Friedrich Gottlieb Klopstock: Der Zürchersee 12
Friedrich Gottlieb Klopstock: Ode über die ernsthaften Vergnügungen des Landlebens 15
Ludwig Christoph Heinrich Hölty: Das Landleben 19
Christian Felix Weiße: Der Mai 21
Ludwig Christoph Heinrich Hölty: Mailied 21
Johann Wolfgang Goethe: Maifest 22

3. Das Selbstverständnis des Künstlers 23
Christian Friedrich Daniel Schubart: Gellerts Grabschrift 23
Johann Wolfgang Goethe: Künstlers Morgenlied 23
Johann Wolfgang Goethe: An F. W. Gotter mit einem Exemplar des ›Götz von Berlichingen‹ 26
Gotthold Friedrich Stäudlin: Das Kraftgenie 27

4. Vom »Sturm und Drang« zur »Klassik« – Goethes Bearbeitungen eigener Jugendgedichte 31
Johann Wolfgang Goethe: Es schlug mein Herz. Geschwind zu Pferde – Willkommen und Abschied 31
Johann Wolfgang Goethe: Der König in Thule 33
Johann Wolfgang Goethe: An Schwager Kronos 35
Johann Wolfgang Goethe: Bundeslied 38

Johann Wolfgang Goethe: 15. Junius 1775,
aufm Zürichersee – Auf dem See 41

II. Politisches und soziales Engagement 43
1. »Die Kindsmörderin« 43
Johann Wolfgang Goethe: Vor Gericht 43
Gotthold Friedrich Stäudlin: Seltha, die Kindermörderin 43
Christian Friedrich Daniel Schubart: Das schwangere
Mädchen 46
Gottfried August Bürger: Des Pfarrers Tochter von
Taubenhain 48
Friedrich Schiller: Die Kindsmörderin 54

2. Adelskritik (»In tyrannos«) 58
Gottfried August Bürger: Der Bauer 58
Gottfried August Bürger: Die Tode 59
Christian Friedrich Daniel Schubart: Die Fürstengruft... 60
Christian Friedrich Daniel Schubart: Der Gefangene 63
Christian Friedrich Daniel Schubart: Willkomm 65
Friedrich Schiller: Die schlimmen Monarchen 66

III. Neue Stoffe und Formen 70
1. Volksdichtung 70
Johann Wolfgang Goethe: Die Gesänge von Selma 70
Johann Gottfried Herder: Edward 73
Johann Wolfgang Goethe: Das Lied vom Herrn von
Falckenstein 75
Johann Wolfgang Goethe: Heidenröslein 77
Johann Wolfgang Goethe: Ein Veilchen auf der Wiese
stand 77
Gottfried August Bürger: Lenore 78

2. Hymnische Dichtung in freien Rhythmen 86
Friedrich Gottlieb Klopstock: Dem Allgegenwärtigen ... 86
Johann Wolfgang Goethe: Wandrers Sturmlied 91
Johann Wolfgang Goethe: Prometheus 95
Johann Wolfgang Goethe: Ganymed 97
Johann Wolfgang Goethe: Harzreise im Winter 98

Quellenverzeichnis zum Gedichtteil 101

Materialien 103

Vorwort

Der »Sturm und Drang« ist als Epochenbegriff sowie in seinem Verhältnis zur »Aufklärung« und zur »Klassik« umstritten. Ist er eine Teilströmung der Aufklärung oder eine Gegenbewegung zu ihr? Genügt es, ihn nur als Vorbereitung der Klassik zu sehen? Dennoch handelt es sich offenbar um einen praktikablen Begriff. Verhältnismäßig leicht faßbar ist er im Drama. In der Lyrik hingegen verschwindet er hinter vielfältigen Übergängen. Man braucht nur das breite Spektrum von Gedichtformen zu betrachten, die bei allen Autoren – auch bei Goethe – gleichzeitig neben solchen stehen, die man dem »Sturm und Drang« zuordnet. Andererseits ist es gerade eine bestimmte Gruppe von Gedichten des jungen Goethe, an die man bei dem Begriff »Sturm und Drang« denkt, und sie hat den Gattungsbegriff »Lyrik«, ja den Begriff des »Dichters« geprägt, wie er zumal in Deutschland herrschend wurde.
Die Sammlung beginnt – kontrastiv zum »Sturm und Drang« – mit kurzen Gedichten, die man der »Anakreontik« zuordnen kann. Sie gestalten ein schon vorgefundenes Motiv und zeigen, wie die künstlerische Sprachform als etwas Eigenständiges in virtuoser Weise mit einem von ihr unabhängigen Inhalt verbunden wird. In Goethes Gedichten zeigt sich allerdings – wenn auch zum Teil nur in Ansätzen – das Neue: die Tendenz zur Einheit von Sprache und seelischem Erlebnis. Die Vorbereitung dieser neuen Auffassung von Sprache und Wirklichkeit führen Gedichte von Klopstock und Hölty vor Augen. Die neue, problematische Stellung des Dichters drückt sich in programmatischen Gedichten aus. Stäudlins Verse »Das Kraftgenie« weisen schon auf die Aufhebung der vom »Sturm und Drang« ausgegangenen Impulse hin, und Goethes Bearbeitungen eigener Gedichte zeigen seine spätere Distanz.
Steht in diesem ersten Teil Sprach- und Kunsttheorie im

Vordergrund, so wendet sich der folgende dem sozialen Engagement zu, welches das Besondere und heute noch Aktuelle des »Sturm und Drang« ausmacht. Das zentrale Thema des Kindesmords, das auch in der sozialreformerischen Praxis der Zeit eine große Rolle spielt, gibt einen aufschlußreichen Epochenaspekt zu erkennen. Auch die Kritik an der Herrschaft deutscher Landesfürsten weist über den literarischen Gegenstand hinaus auf die politische Wirklichkeit. (Man könnte an den Soldatenhandel und an Schubarts hier nicht aufgenommene Kaplieder erinnern.)

Herders neue Sprachauffassung und das soziale Interesse verbinden sich in der Hinwendung zur Volksdichtung. Gleichzeitig wird sich das schöpferische Individuum seiner selbst bewußt und spricht sich in traditionsbrechenden Formen aus.

I. Die Sprache des Herzens und der Seele

1. Das Formprinzip des ››Witzes‹‹ – Kunst und Leben als getrennte Bereiche

Georg Luis: Doris

Vertraut saß einst auf ihren Matten
Des Abends Doris beim Elpin.
Und wen verführen nicht die Schatten?
Ihr Schäfer ward zuletzt zu kühn.
Sie stieß ihn ganz erzürnt zurücke,
Und droht, ihm nimmer zu verzeihn,
Und fing, zur Strafe solcher Tücke,
Den Augenblick laut an zu schrein.

Ihr Hylax, seine Pflicht zu zeigen,
Fiel den Elpin mit Bellen an.
Und Doris – – Doris hieß ihn schweigen.
Hat Hylax denn nicht recht getan?
Aus Furcht, die Mutter möcht es hören,
Schalt sie des treuen Hündchens Tat.
Und uns kann diese Vorsicht lehren,
Wie laut sie selbst geschrieen hat. *(v. 1747)*

Unbekannter Dichter: Das Mordgeschrei

Phloen sah ich heut
In der Einsamkeit
Grüner Büsche stehn.
»Mädchen«, sagt' ich ihr,
»Nunmehr sollst du mir
Nicht so leicht entgehn.

Ich erhaschte sie
Und mit sanfter Müh
Raubt' ich manchen Kuß.
Phloe rief mir zu:
»Lasse mich in Ruh,
Eh' ich schreien muß.«

»Ei, wer ist der Mann«,
Fing ich lärmend an,
»Der mir dieses wehrt?«
»Rede nicht so laut«,
Sprach sie ganz vertraut,
»Daß es niemand hört!«

Mädchen, wenn euch oft,
Wie ihr täglich hofft,
Kühne Knaben dräun –
Folget meinem Rat:
Lernt, wie Phloe tat,
Auch – um Hilfe schrein.

(v. 1752)

Christian Felix Weiße: Der Kuß

Ich war bei Chloen ganz allein,
Und küssen wollt' ich sie:
Jedoch sie sprach: sie würde schrein,
Es sei vergebne Müh!

Doch wagt' ich es, und küßte sie,
Wie oft? fällt mir nicht ein!
Und schrie sie nicht? Ja wohl, sie schrie – –
Doch lange hinter drein.

(v. 1758)

Johann Wolfgang Goethe: Das Schreien

Nach dem Italienischen

Jüngst schlich ich meinem Mädchen nach,
Und ohne Hindernis
Umfaßt' ich sie im Hain; sie sprach:
»Laß mich, ich schrei' gewiß!«
Da droht' ich trotzig: »Ha, ich will
Den töten, der uns stört!«
»Still«, winkt sie lispelnd, »Liebster, still,
Damit dich niemand hört!« *(e. etwa 1767)*

Johann Peter Uz: Ein Traum

O Traum, der mich entzücket!
Was hab' ich nicht erblicket!
Ich warf die müden Glieder
In einem Tale nieder,
Wo einen Teich, der silbern floß,
Ein schattigtes Gebüsch umschloß.

Da sah ich durch die Sträuche
Mein Mädchen bei dem Teiche.
Das hatte sich, zum Baden,
Der Kleider meist entladen,
Bis auf ein untreu weiß Gewand,
Das keinem Lüftchen widerstand.

Der freie Busen lachte,
Den Jugend reizend machte.
Mein Blick blieb lüstern stehen
Bei diesen regen Höhen,
Wo Zephyr unter Lilien blies
Und sich die Wollust fühlen ließ.

Sie fing nun an, o Freuden!
Sich vollends auszukleiden:
Doch ach! indem's geschiehet,
Erwach' ich, und sie fliehet.
O schlief' ich doch von neuem ein!
Nun wird sie wohl im Wasser sein. *(v. 1749)*

Johann Wolfgang Goethe: Die Nacht

Gern verlass' ich diese Hütte,
Meiner Schönen Aufenthalt,
Und durchstreich' mit leisem Tritte
Diesen ausgestorbnen Wald.
Luna[1] bricht die Nacht der Eichen,
Zephirs[2] melden ihren Lauf,
Und die Birken streun mit Neigen
Ihr den süßten Weihrauch auf.

Schauer, der das Herze fühlen,
Der die Seele schmelzen macht,
Wandelt im Gebüsch im Kühlen.
Welche schöne, süße Nacht!
Freude! Wollust! Kaum zu fassen!
Und doch wollt' ich, Himmel, dir
Tausend deiner Nächte lassen,
Gäb' mein Mädchen eine mir. *(e. 1768)*

---

(1) * Mond (lat.)
(2) * Zephyrus (griech./lat.): Westwind, Frühlingswind

Johann Wolfgang Goethe: An den Mond

Schwester von dem ersten Licht,
Bild der Zärtlichkeit in Trauer,
Nebel schwimmt mit Silberschauer
Um dein reizendes Gesicht.
Deines leisen Fußes Lauf
Weckt aus tagverschloßnen Höhlen
Traurig abgeschiedne Seelen,
Mich, und nächt'ge Vögel auf.

Forschend übersieht dein Blick
Eine großgemeßne Weite.
Hebe mich an deine Seite,
Gib der Schwärmerei dies Glück!
Und in wollustvoller Ruh
Säh' der weitverschlagne Ritter
Durch das gläserne Gegitter
Seines Mädchens Nächten zu.

Dämmrung, wo die Wollust thront,
Schwimmt um ihre runden Glieder.
Trunken sinkt mein Blick hernieder –
Was verhüllt man wohl dem Mond!
Doch was das für Wünsche sind!
Voll Begierde zu genießen,
So da droben hängen müssen –
Ei, da schieltest du dich blind! *(v. 1770)*

2. Aussprache des »Herzens« – Unmittelbarkeit des Gefühls, besonders in der Ode

Friedrich Gottlieb Klopstock: Der Zürchersee

Schön ist, Mutter Natur, deiner Erfindung Pracht
Auf die Fluren verstreut, schöner ein froh Gesicht,
Das den großen Gedanken
Deiner Schöpfung noch einmal denkt.

Von des schimmernden Sees Traubengestaden her,
Oder, flohest du schon wieder zum Himmel auf,
Komm in rötendem Strahle
Auf dem Flügel der Abendluft,

Komm, und lehre mein Lied jugendlich heiter sein,
Süße Freude, wie du! gleich dem beseelteren
Schnellen Jauchzen des Jünglings,
Sanft, der fühlenden Fanny[3] gleich.

Schon lag hinter uns weit Uto[4], an dessen Fuß
Zürch in ruhigem Tal freie Bewohner nährt;
Schon war manches Gebirge
Voll von Reben vorbeigeflohn.

Jetzt entwölkte sich fern silberner Alpen Höh,
Und der Jünglinge Herz schlug schon empfindender,
Schon verriet es beredter
Sich der schönen Begleiterin.

»Hallers Doris«[5], die sang, selber des Liedes wert,
Hirzels Daphne[6], den Kleist[7] innig wie Gleimen[8] liebt;
Und wir Jünglinge sangen
Und empfanden wie Hagedorn[9].

Jetzo nahm uns die Au[10] in die beschattenden
Kühlen Arme des Walds, welcher die Insel krönt;
Da, da kamest du, Freude!
Volles Maßes auf uns herab!

Göttin Freude, du selbst! dich, wir empfanden dich!
Ja, du warest es selbst, Schwester der Menschlichkeit,
Deiner Unschuld Gespielin,
Die sich über uns ganz ergoß!

Süß ist, fröhlicher Lenz, deiner Begeistrung Hauch,
Wenn die Flur dich gebiert, wenn sich dein Odem sanft
In der Jünglinge Herzen
Und die Herzen der Mädchen gießt.

Ach, du machst das Gefühl siegend, es steigt durch dich
Jede blühende Brust schöner, und bebender,
Lauter redet der Liebe
Nun entzauberter Mund durch dich!

Lieblich winket der Wein, wenn er Empfindungen,
Beßre sanftere Lust, wenn er Gedanken winkt,
Im sokratischen Becher
Von der tauenden Ros' umkränzt;

Wenn er dringt bis ins Herz, und zu Entschließungen,
Die der Säufer verkennt, jeden Gedanken weckt,
Wenn er lehret verachten,
Was nicht würdig des Weisen ist.

Reizvoll klinget des Ruhms lockender Silberton
In das schlagende Herz, und die Unsterblichkeit
Ist ein großer Gedanke,
Ist des Schweißes der Edlen wert!

---

(3) * dichterischer Name für Klopstocks Jugendliebe
(4) * der Ütliberg
(5) * Albrecht von Haller (1708 – 1777), Schweizer Arzt und Dichter. Doris: Titel seines Gedichts
(6) * Hirzel: Arzt in Zürich; Daphne: seine Frau, hier in anakreontischer Weise mit dem Namen einer Nymphe bezeichnet
(7) * Ewald Christian von Kleist (1715 – 1759), Dichter
(8) * Johann Wilhelm Ludwig Gleim (1719 – 1803), Dichter
(9) * Friedrich von Hagedorn (1708 – 1754), Dichter
(10) * Insel im Züricher See

Durch der Lieder Gewalt bei der Urenkelin
Sohn und Tochter noch sein; mit der Entzückung Ton
Oft beim Namen genennet,
Oft gerufen vom Grabe her,

Dann ihr sanfteres Herz bilden, und, Liebe, dich,
Fromme Tugend, dich auch gießen ins sanfte Herz,
Ist, beim Himmel! nicht wenig!
Ist des Schweißes der Edlen wert!

Aber süßer ist noch, schöner und reizender,
In dem Arme des Freunds wissen ein Freund zu sein!
So das Leben genießen,
Nicht unwürdig der Ewigkeit!

Treuer Zärtlichkeit voll, in den Umschattungen,
In den Lüften des Walds, und mit gesenktem Blick
Auf die silberne Welle,
Tat ich schweigend den frommen Wunsch:

Wäret ihr auch bei uns, die ihr mich ferne liebt,
In des Vaterlands Schoß einsam von mir verstreut,
Die in seligen Stunden
Meine suchende Seele fand;

O so bauten wir hier Hütten der Freundschaft uns!
Ewig wohnten wir hier, ewig! Der Schattenwald
Wandelt' uns sich in Tempe[11],
Jenes Tal in Elysium![12] *(e./v. 1750)*

---

(11) * vielgerühmtes Tal zwischen dem Olymp und dem Ossa
(12) * paradiesischer Ort der Seligen

Friedrich Gottlieb Klopstock: Ode über die ernsthaften Vergnügungen des Landlebens

[später: ›Die Frühlingsfeier‹]

Nicht in den Ocean
Der Welten alle
Will ich mich stürzen!
Nicht schweben, wo die ersten Erschaffnen[13],
Wo die Jubelchöre der Söhne des Lichts
Anbeten, tief anbeten,
Und in Entzückung vergehn!

Nur um den Tropfen am Eimer,
Um die Erde nur, will ich schweben,
Und anbeten!

Halleluja! Halleluja!
Auch der Tropfen am Eimer
Rann aus der Hand des Allmächtigen!

Da aus der Hand des Allmächtigen
Die größern Erden quollen,
Da die Ströme des Lichts
Rauschten, und Orionen wurden;
Da rann der Tropfen
Aus der Hand des Allmächtigen!

Wer sind die tausendmal tausend,
Die myriadenmal hundert tausend,
Die den Tropfen bewohnen?
Und bewohnten?
Wer bin ich?
Halleluja dem Schaffenden!
Mehr, als die Erden, die quollen!
Mehr, als die Orionen,
Die aus Strahlen zusammenströmten!

(13) * die Erzengel

Aber, du Frühlingswürmchen,
das grünlichgolden
Neben mir spielt,
Du lebst;
Und bist, vielleicht – –
Ach, nicht unsterblich!

Ich bin herausgegangen,
Anzubeten;
Und ich weine?

Vergib, vergib dem Endlichen
Auch diese Tränen,
O du, der sein wird!

Du wirst sie alle mir enthüllen
Die Zweifel alle
O du, der mich durchs dunkle Tal
Des Todes führen wird!

Dann werd' ich es wissen:
Ob das goldne Würmchen
Eine Seele hatte?

Warest du nur gebildeter Staub,
Würmchen, so werde denn
Wieder verfliegender Staub,
Oder was sonst der Ewige will!

Ergeuß von neuem, du, mein Auge,
Freudentränen!
Du, meine Harfe,
Preise den Herrn!

Umwunden, wieder von Palmen umwunden
Ist meine Harfe!
Ich singe dem Herrn!

Hier steh' ich.
Rund um mich ist Alles Allmacht!
Ist Alles Wunder!

Mit tiefer Ehrfurcht,
Schau' ich die Schöpfung an!
Denn Du!
Namenlosester, Du!
Erschufst sie!

Lüfte, die um mich wehn,
Und süße Kühlung
Auf mein glühendes Angesicht gießen,
Euch, wunderbare Lüfte,
Sendet der Herr? Der Unendliche?

Aber itzt werden sie still; kaum atmen sie!
Die Morgensonne wird schwül!
Wolken strömen herauf!
Das ist sichtbar der Ewige,
Der kömmt!

Nun fliegen, und wirbeln, und rauschen die Winde!
Wie beugt sich der bebende Wald!
Wie hebt sich der Strom!
Sichtbar, wie du es Sterblichen sein kannst,
Ja, das bist du sichtbar, Unendlicher!

Der Wald neigt sich!
Der Strom flieht!
Und ich falle nicht auf mein Angesicht?

Herr! Herr! Gott! barmherzig! und gnädig!
Du Naher!
Erbarme dich meiner!

Zürnest du, Herr, weil Nacht dein Gewand ist?
Diese Nacht ist Segen der Erde!
Du zürnest nicht, Vater!

Sie kömmt, Erfrischung auszuschütten
Über den stärkenden Halm!
Über die herzerfreuende Traube!
Vater! Du zürnest nicht!

Alles ist stille vor dir, du Naher!
Ringsum ist Alles stille!
Auch das goldne Würmchen merkt auf!
Ist es vielleicht nicht seelenlos?
Ist es unsterblich?

Ach vermöcht' ich dich, Herr, wie ich dürste, zu preisen!
Immer herrlicher offenbarst du dich!
Immer dunkler wird, Herr, die Nacht um dich!
Und voller von Segen!

Seht ihr den Zeugen des Nahen, den zückenden Blitz?
Hört ihr den Donner Jehovah?
Hört ihr ihn?
Hört ihr ihn?
Den erschütternden Donner des Herrn?

Herr! Herr! Gott! barmherzig und gnädig!
Angebetet, gepriesen
Sei dein herrlicher Name!

Und die Gewitterwinde? Sie tragen den Donner!
Wie sie rauschen! Wie sie die Wälder durchrauschen!
Und nun schweigen sie! Majestätischer
Wandeln die Wolken herauf!

Seht ihr den neuen Zeugen des Nahen,
Seht ihr den fliegenden Blitz?
Hört ihr, hoch in den Wolken, den Donner des Herrn?
Er ruft Jehovah!
Jehovah!
Jehovah!
Und der gesplitterte Wald dampft!

Aber nicht unsre Hütte!
Unser Vater gebot
Seinem Verderber
Vor unsrer Hütte vorüberzugehn!

Ach schon rauschet, schon rauschet
Himmel und Erde vom gnädigen Regen!
Nun ist, wie dürstete sie! Die Erd erquickt,
Und der Himmel der Fülle des Segens entladen!

Siehe, nun kömmt Jehovah nicht mehr im Wetter!
Im stillen, sanften Säuseln
Kömmt Jehovah!
Und unter ihm neigt sich der Bogen des Friedens.

(e./v. 1759)

Ludwig Christoph Heinrich Hölty: Das Landleben

Wunderseliger Mann, welcher der Stadt entfloh!
Jedes Säuseln des Baums, jedes Geräusch des Bachs,
  Jeder blinkende Kiesel
    Predigt Tugend und Weisheit ihm!

Jedes Schattengesträuch ist ihm ein heiliger
Tempel, wo ihm sein Gott näher vorüberwallt;
  Jeder Rasen ein Altar,
    Wo er vor dem Erhabnen kniet.

Seine Nachtigall tönt Schlummer herab auf ihn,
Seine Nachtigall weckt flötend ihn wieder auf,
  Wenn das liebliche Frührot
    Durch die Bäum auf sein Bette scheint.

Dann bewundert er dich, Gott, in der Morgenflur,
In der steigenden Pracht deiner Verkünderin,
Der allherrlichen Sonne,
  Dich im Wurm und im Knospenzweig.

Ruht im wehenden Gras, wann sich die Kühl' ergießt,
Oder strömet den Quell über die Blumen aus;
Trinkt den Atem der Blüte,
Trinkt die Milde der Abendluft.

Sein bestrohetes Dach, wo sich das Taubenvolk
Sonnt und spielet und hüpft, winket ihm süßre Rast,
Als dem Städter der Goldsaal,
Als der Polster der Städterin.

Und der spielende Trupp schwirret zu ihm herab,
Gurrt und säuselt ihn an, flattert ihm auf den Korb;
Picket Krumen und Erbsen,
Picket Körner ihm aus der Hand.

Einsam wandelt er oft, Sterbegedanken voll,
Durch die Gräber des Dorfs, setzet sich auf ein Grab
Und beschauet die Kreuze
Und den wehenden Totenkranz.

Wunderseliger Mann, welcher der Stadt entfloh!
Engel segneten ihn, als er geboren ward,
Streuten Blumen des Himmels
Auf die Wiege des Knaben aus. *(e. 1775)*

Christian Felix Weiße: Der Mai

Es lächelt aufs neu
Der fröhliche Mai
In buntem festlichem Kleide;
Von Höhen und Tal
Tönt überall
Die süße Stimme der Freude.

In Wiesen und Flur
Gibt uns die Natur
Die schönsten Blumen zu pflücken:
Drum will ich zum Tanz
Mit einem Kranz
Die blonden Haare mir schmücken. –

Doch sollt' ich nicht den,
Der alles so schön
Erschuf, erst brünstig erheben?
Durch Jubelgesang
Preis' ihn mein Dank,
Doch mehr, mein künftiges Leben! *(v. 1772)*

Ludwig Christoph Heinrich Hölty: Mailied

Der Anger steht so grün, so grün,
Die blauen Veilchenglocken blühn,
Und Schlüsselblumen drunter,
Der Wiesengrund
Ist schon so bunt
Und färbt sich täglich bunter.

Drum komme, wem der Mai gefällt,
Und freue sich der schönen Welt
Und Gottes Vatergüte,
Die diese Pracht
Hervorgebracht,
Den Baum und seine Blüte. *(e. 1773/v. 1776)*

Johann Wolfgang Goethe: Maifest

Wie herrlich leuchtet
Mir die Natur!
Wie glänzt die Sonne!
Wie lacht die Flur!

Es dringen Blüten
Aus jedem Zweig
Und tausend Stimmen
Aus dem Gesträuch

Und Freud und Wonne
Aus jeder Brust.
O Erd', o Sonne,
O Glück, o Lust,

O Lieb', o Liebe,
So golden schön
Wie Morgenwolken
Auf jenen Höhn,

Du segnest herrlich
Das frische Feld –
Im Blütendampfe
Die volle Welt!

O Mädchen, Mädchen,
Wie lieb' ich dich!
Wie blinkt dein Auge,
Wie liebst du mich!

So liebt die Lerche
Gesang und Luft,
Und Morgenblumen
Den Himmelsduft,

Wie ich dich liebe
Mit warmen Blut,
Die du mir Jugend
Und Freud' und Mut

Zu neuen Liedern
Und Tänzen gibst.
Sei ewig glücklich,
Wie du mich liebst.

(e. 1771)

Christian Friedrich Daniel Schubart: Gellerts[14] Grabschrift

Hier liegt – steh, Wanderer, und schau!
Die Wahrheit schreibt:
»Der beste Mann für eine Frau –
Und unbeweibt.
Der beste Vater eines Sohns –
Und ohne Sohn.
Der Würdigste des größten Lohns,
Und ohne Lohn.
Der erste Weise seiner Zeit –
Und ohne Rang.
Es lauschten alle Söhne Teut's[15]
Wenn Gellert sang.
Sein Lohn ist dieser schlechte Stein.« – –

Der Wandrer geht,
Wünscht alles in der Welt zu sein,
Nur kein Poet. *(e. 1770)*

Johann Wolfgang Goethe: Künstlers Morgenlied

Ich hab' euch einen Tempel baut,
Ihr hohen Musen all',
Und hier in meinem Herzen ist
Das Allerheiligste.

Wenn morgends mich die Sonne weckt,
Warm froh ich schau' umher,
Steht rings ihr ewig Lebenden
In heil'gem Morgenglanz.

---

(14) * Christian Fürchtegott Gellert (1715 – 1769), Dichter
(15) * erfundener germanischer Gott; Söhne Teuts: die Deutschen

Ich bet' hinan, und Lobgesang
Ist lauter mein Gebet,
Und freudeklingend Saitenspiel
Begleitet mein Gebet.

Ich trete vor den Altar hier
Und lese, wie sich's ziemt,
Andacht liturg'scher Lektion
Im heiligen Homer.

Und wenn der ins Getümmel mich
Von Löwenkriegern reißt,
Und Göttersöhn' auf Wagen hoch
Rachglühend stürmen an,

Und Roß dann vor dem Wagen stürzt,
Und drunter und drüber sich
Freund', Feind' sich wälzen in Todesblut,
Er[16] sengte sie dahin

Mit Flammenschwert, der Heldensohn,
Zehntausend auf einmal,
Bis denn auch er gebändiget
Von einer Gottheit Hand

'rab auf den Totenrogus[17] stürzt,
Den er sich selbst gehäuft,
Und Feinde nun den schönen Leib
Verschändend tasten an –

Da greif' ich mutig auf und fass':
Die Kohle wird Gewehr.
Und jene meine hohe Wand
In Schlachtfeld-Wogen braust.

---

(16) * Patroklos, Held der Ilias, Freund Achills
(17) * rogus (lat.): Scheiterhaufen

Hinan, hinan! Es heulet laut
Gebrüll der Feinde Wut.
Und Schild an Schild und Schwert auf Helm
Und um den Toten Tod.

Ich dränge mich hinan, hinan,
Da kämpfen sie um ihn,
Die tapfern Freunde, tapferer
In ihrer Tränen Wut.

Ach, rettet! Kämpfet! Rettet ihn,
Ins Lager bringt ihn 'rück,
Und Balsam gießt dem Toten auf
Und Tränen, Totenehr'.

Und find' ich mich zurück hierher,
Empfängst du, Liebe, mich,
Mein Mädchen! Ach, im Bilde nur,
Und so im Bilde warm.

Ach, wie du ruhtest neben mir,
Mich schmachtetst liebend an,
Und mir's vom Aug' durchs Herz hindurch
In'n Griffel schmachtete –

Wie ich an Aug' und Wange mich
Und Mund mich weidete,
Und mir's im Busen jung und frisch
Wie einer Gottheit war!

O kehre doch und bleibe dann
In meinen Armen fest,
Und keine, keine, Schlachten mehr –
Nur dich in meinem Arm!

Und sollst mir, meine Liebe, sein
Alldeutend Ideal,
Madonna sein, ein Erstlingskind,
Ein heilig's, an der Brust.

Und haschen will ich Nymphe dich
Im tiefen Waldgebüsch,
Ein geiles Schwänzchen hinten vor,
Die Ohren aufgereckt . . .

Und liegen will ich Mars zu dir,
Du Liebes-Göttin stark,
Und ziehn ein Netz um uns herum
Und rufen dem Olymp,

Wer von den Göttern kommen will,
Beneiden unser Glück,
Und soll's die Fratze Eifersucht –
An'n Bettfuß angebannt! *(e. 1773)*

Johann Wolfgang Goethe: An Friedrich Wilhelm Gotter [18] mit einem Exemplar des ›Götz von Berlichingen‹

Schicke dir hier den alten Götzen,
Magst ihn zu deinen Heilgen setzen
Oder magst ihn in die Zahl
Der Ungeblätterten stellen zumal.
Hab's geschrieben in guter Zeit,
Tags, Abends und Nachts Herrlichkeit,
Und find' nicht halb die Freud' so mehr,
Da nun gedruckt ist ein großes Heer.
Find', daß es wie mit den Kindern ist,
Da doch wohl immer die schönste Frist
Bleibt, wenn man in der schönen Nacht
Sie hat der lieben Frau gemacht;
Das andre geht dann seinen Gang
Mit Rechnen, Wehn und Tauf' und Sang.
Mögt euch nun auch ergötzen dran,
So habt ihr doppelt wohlgetan.

---

(18) * Friedrich Wilhelm Gotter, Geheimer Sekretär und Theaterleiter in Gotha

Magst, wie ich höre, dann allda
Agieren, tragieren Komödia
Vor Stadt und Land und Hof und Herrn;
Die sähn das Schattenspiel wohl gern.
So such' dir denn in deinem Haus
Einen recht tüchtigen Bengel aus,
Und gib ihm die Roll' von meinem Götz,
In Panzer, Blechhaub' und Geschwätz.
Dann nimm den Weisling vor dich hin,
In Pumphos', Kragen und stolzem Kinn,
Mit Spada[19] wohl nach Spanier Art,
Mit Weitnaslöchern, Stützleinbart,
Und sei ein Falscher an den Frauen,
Laß dich zuletzt vergiftet schauen.
Und bring', da hast du meinen Dank,
Mich vor die Weiblein ohn' Gestank!
Mußt alle garstgen Worte lindern,
Aus Scheißkerl Schurken, aus Arsch mach Hintern,
Und gleich' das alles so fortan,
Wie du's wohl ehmals schon getan. *(e. 1774)*

Gotthold Friedrich Stäudlin: Das Kraftgenie

Ich bin und heiße Kraftgenie,
Ein Lieblingssohn der Fantasie!
Seit Vater *Lohenstein*[20] erblich,
Ging nie ein Geist hervor wie ich.

Ich weile, Sklavenseelen gleich,
Nicht in des Staubes dunklem Reich;
Ich breche selbst mir eine Bahn
Und streb' und fliege himmelan.

---

(19) * Degen
(20) * Daniel Casper von Lohenstein (1635 – 1683), Dichter; berühmt für seine überschwengliche Metaphorik

Ich schwinge mich, ein Ritter groß,
Auf Schakesspear's rasches Flügelroß
Und renne stolz wie Philipps Sohn[21]
Auf seinem Buzefal[22] davon.

Was kümmert mich die Kritlerzunft?
Was alle Zäune der Vernunft?
Was deine Hecken, Aristot![23]
Der kleinen Geister großer Gott?

Ich flieg' in meinem freien Sinn
Hoch über Berg' und Täler hin!
Wie schnaubt mein Roß! wie brennt mein Kopf,
Und siedet wie ein heißer Topf.

Da gafft mit staunendem Gesicht
Das ganze Volk mich an und spricht:
Seht doch den blauen Wundersmann,
Seht Deutschlands neuen Shakespear an!

Was soll das Alltagsweib Natur?
Ich lobe mir Karikatur!
Ich lasse dieses Erdenrund
Und hole Menschen aus dem Mond.

Was soll mir das Kastratenheer[24]
Und all die Zwerge um mich her!
Ich stelle nur Kolossen auf
Und drücke Shakespear's Stempel drauf.

Da leset, habt ihr Kraftgefühl,
Da leset 'mal mein Trauerspiel!
Seht einen Halbgott hier der Welt,
Dort einen Teufel aufgestellt!

---

(21) * Alexander der Große

(22) * Bukephalos: Name des Pferdes von Alexander d. Gr.

(23) * Aristoteles (384 – 322 v. Chr.), griech. Philosoph, Erzieher Alexanders d. Gr.

(24) * Knaben, die durch Entmannung keinen Stimmbruch durchmachten und als Sopran- oder Altsänger verwendet wurden

Erhub sich je in aller Welt
Ein Deklamator wie mein Held,
Mit Pfauenfedern schön geziert,
Und mit Metafern ausstaffiert?

Laß sein, daß auch ein Rezensent
Mich einen Sprachverhunzer nennt,
Mein Werk vergleicht der Mißgestalt,
Die uns der schale Römer[25] malt;

Mit Aristarchenblick[26] mich straft,
Daß ich im Rausche meiner Kraft
Die alte Base *Sittlichkeit*
Und den Orbil[27], *Geschmack,* entweiht.

Wie jammert mich der arme Wicht,
Er fühlt die Seelenschwungkraft nicht,
Den Genius, der hoch mich hebt,
In meinen Werken lebt und webt. –

Verschlangt ihr auch mein Liebeslied,
Das wie des Laurasängers[28] glüht?
Sagt, ob nicht himmelan den Geist
Die wirbelnde Entzückung reißt?

Nicht Einfalt und Empfindelei –
Genie ist wilde Fantasei,
Und desto größer der Poet,
Je minder ihn das Volk versteht. –

---

(25) * Horaz (65 – 8 v. Chr.), lateinischer Dichter; fingiert als Aufhänger seines Lehrgedichts über die Dichtkunst (›Ars Poetica‹) ein Wesen mit Menschenkopf, Pferdehals, bunten Federn, Gliedern jeder Sorte, Frauenoberkörper, Fischleib

(26) * Aristarchos von Samothrake (217 – 145 v. Chr.), alexandrinischer Grammatiker und Herausgeber kritisch geprüfter Ausgaben der griechischen Klassiker

(27) * Orbilius, lat. Grammatiker, seit Horaz sprichwörtlich für einen strengen Lehrer (Hor., epist. 2,1,71)

(28) * Schiller besang seine Zimmerwirtin in Stuttgart in vielen Liedern als seine Laura.

Wer nicht, an Fesseln angeschmiegt,
Mit mir die Grenzen überfliegt –
Wie geißl' ich ihn mit lautem Hohn,
Den nervenlosen Erdensohn.

Da tummelt vor dem Publikum
Mein Bocksfußsatyr sich herum,
Bespuckt mit Geifer groß und klein,
Daß ihm die Jungen Beifall schrein.

So glänzt man in der Dichterzahl
Als Kraftmann und Original!
So wandl' ich immer eigne Bahn
Und Plimplamplasko[29] bleibt mein Mann. *(v. 1782)*

---

(29) * ›Plimplamplasko, der hohe Geist heut Genie‹ (1780), Titel einer Satire von Klinger u. a.

4. Vom »Sturm und Drang« zur »Klassik« – Goethes Bearbeitungen eigener Jugendgedichte

Johann Wolfgang Goethe

Es schlug mein Herz. Geschwind, zu Pferde!
Und fort, wild wie ein Held zur Schlacht.
Der Abend wiegte schon die Erde,
Und an den Bergen hing die Nacht.
Schon stund im Nebelkleid die Eiche
Wie ein getürmter Riese da,
Wo Finsternis aus dem Gesträuche
Mit hundert schwarzen Augen sah.

Der Mond von einem Wolkenhügel
Sah schläfrig aus dem Duft hervor,
Die Winde schwangen leise Flügel,
Umsausten schauerlich mein Ohr.
Die Nacht schuf tausend Ungeheuer,
Doch tausendfacher war mein Mut,
Mein Geist war ein verzehrend Feuer,
Mein ganzes Herz zerfloß in Glut.

Ich sah dich, und die milde Freude
Floß aus dem süßen Blick auf mich.
Ganz war mein Herz an deiner Seite,
Und jeder Atemzug für dich.
Ein rosenfarbes Frühlingswetter
Lag auf dem lieblichen Gesicht
Und Zärtlichkeit für mich, ihr Götter,
Ich hofft' es, ich verdient' es nicht.

Der Abschied, wie bedrängt, wie trübe!
Aus deinen Blicken sprach dein Herz.
In deinen Küssen welche Liebe,
O welche Wonne, welcher Schmerz!
Du gingst, ich stund und sah zur Erden
Und sah dir nach mit nassem Blick.
Und doch, welch Glück, geliebt zu werden,
Und lieben, Götter, welch ein Glück! *(e. 1771)*

Johann Wolfgang Goethe: Willkommen und Abschied

Es schlug mein Herz, geschwind zu Pferde!
Es war getan fast eh gedacht.
Der Abend wiegte schon die Erde,
Und an den Bergen hing die Nacht;
Schon stand im Nebelkleid die Eiche,
Ein aufgetürmter Riese, da,
Wo Finsternis aus dem Gesträuche
Mit hundert schwarzen Augen sah.

Der Mond von einem Wolkenhügel
Sah kläglich aus dem Duft hervor,
Die Winde schwangen leise Flügel,
Umsausten schauerlich mein Ohr;
Die Nacht schuf tausend Ungeheuer,
Doch frisch und fröhlich war mein Mut:
In meinen Adern welches Feuer!
In meinem Herzen welche Glut!

Dich sah ich, und die milde Freude
Floß von dem süßen Blick auf mich;
Ganz war mein Herz an deiner Seite
Und jeder Atemzug für dich.
Ein rosenfarbnes Frühlingswetter
Umgab das liebliche Gesicht,
Und Zärtlichkeit für mich – ihr Götter!
Ich hofft' es, ich verdient' es nicht!

Doch ach, schon mit der Morgensonne
Verengt der Abschied mir das Herz:
In deinen Küssen welche Wonne!
In deinem Auge welcher Schmerz!
Ich ging, du standst und sahst zur Erden
Und sahst mir nach mit nassem Blick:
Und doch, welch Glück, geliebt zu werden!
Und lieben, Götter, welch ein Glück! *(v. 1789)*

Johann Wolfgang Goethe: Der König von Thule[30]

Es war ein König in Thule,
Ein' goldnen Becher er hätt
Empfangen von seiner Buhle
Auf ihrem Todesbett.

Den Becher hätt er lieber,
Trank draus bei jedem Schmaus.
Die Augen gingen ihm über,
So oft er trank daraus.

Und als er kam zu sterben,
Zählt' er seine Städt' und Reich',
Gönnt' alles seinen Erben,
Den Becher nicht zugleich.

Am hohen Königsmahle,
Die Ritter um ihn her,
Im alten Vätersaale
Auf seinem Schloß am Meer

Da saß der alte Zecher,
Trank letzte Lebensglut
Und warf den heiligen Becher
Hinunter in die Flut.

Er sah ihn sinken und trinken
Und stürzen tief ins Meer.
Die Augen täten ihm sinken,
Trank keinen Tropfen mehr. *(e. 1774)*

(30) * sagenhafte Insel im hohen Norden

Johann Wolfgang Goethe: Der König in Thule

Es war ein König in Thule
Gar treu bis an das Grab,
Dem sterbend seine Buhle
Einen goldnen Becher gab.

Es ging ihm nichts darüber,
Er leert' ihn jeden Schmaus;
Die Augen gingen ihm über,
So oft er trank daraus.

Und als er kam zu sterben,
Zählt' er seine Städt' im Reich,
Gönnt' alles seinem Erben,
Den Becher nicht zugleich.

Er saß beim Königsmahle,
Die Ritter um ihn her,
Auf hohem Vätersaale
Dort auf dem Schloß am Meer.

Dort stand der alte Zecher,
Trank letzte Lebensglut
Und warf den heil'gen Becher
Hinunter in die Flut.

Er sah ihn stürzen, trinken
Und sinken tief ins Meer.
Die Augen täten ihm sinken –
Trank nie einen Tropfen mehr. *(v. 1800)*

Johann Wolfgang Goethe: An Schwager Kronos[31]

In der Postchaise den 10. Oktober 1774

Spude dich, Kronos!
Fort den rasselnden Trott!
Bergab gleitet der Weg;
Ekles Schwindeln zögert
Mir vor die Stirne dein Haudern[32].
Frisch den holpernden
Stock Wurzeln Steine den Trott
Rasch in's Leben hinein!

Nun schon wieder
Den eratmenden Schritt
Mühsam Berg hinauf.
Auf denn, nicht träge denn!
Strebend und hoffend an.

Weit hoch herrlich der Blick
Rings ins Leben hinein
Vom Gebürg zum Gebürg,
Über der ewige Geist
Ewigen Lebens ahndevoll.

Seitwärts des Überdachs Schatten
Zieht dich an
Und der Frischung verheißende Blick
Auf der Schwelle des Mädchens da. –
Labe dich! – Mir auch, Mädchen,
Diesen schäumenden Trunk
Und den freundlichen Gesundheitsblick!

---

(31) * Chronos: die Zeit; Kronos: der alte Göttervater vor der Herrschaft des Zeus; Schwager: Postillion, Kutscher
(32) * langsames Fahren

Ab dann, frischer hinab!
Sieh, die Sonne sinkt.
Eh' sie sinkt, eh' mich faßt
Greisen im Moore Nebelduft,
Entzahnte Kiefer schnattern
Und das schlockernde Gebein –

Trunknen vom letzten Strahl
Reiß mich, ein Feuermeer
Mir im schäumenden Aug',
Mich Geblendeten, Taumelnden
In der Hölle nächtliches Tor!

Töne, Schwager, dein Horn,
Raßle den schallenden Trab,
Daß der Orkus[33] vernehme, ein Fürst kommt,
Drunten von ihren Sitzen
Sich die Gewaltigen lüften.

Johann Wolfgang Goethe: An Schwager Kronos

Spute dich, Kronos!
Fort den rasselnden Trott!
Bergab gleitet der Weg;
Ekles Schwindeln zögert
Mir vor die Stirne dein Zaudern.
Frisch, holpert es gleich,
Über Stock und Steine den Trott
Rasch ins Leben hinein!

Nun schon wieder
Den eratmenden Schritt
Mühsam Berg hinauf!
Auf denn, nicht träge denn,
Strebend und hoffend hinan!

---

(33) * Unterwelt

Weit, hoch, herrlich der Blick
Rings ins Leben hinein,
Vom Gebirg zum Gebirg
Schwebet der ewige Geist,
Ewigen Lebens ahndevoll.

Seitwärts des Überdachs Schatten
Zieht dich an,
Und der Frischung verheißende Blick
Auf der Schwelle des Mädchens da.
Labe dich! – Mir auch, Mädchen,
Diesen schäumenden Trank,
Diesen frischen Gesundheitsblick!

Ab denn, rascher hinab!
Sieh, die Sonne sinkt!
Eh' sie sinkt, eh' mich Greisen
Ergreift im Moore Nebelduft,
Entzahnte Kiefer schnattern
Und das schlotternde Gebein;
Trunknen vom letzten Strahl
Reiß mich, ein Feuermeer
Mir im schäumenden Aug',
Mich geblendeten Taumelnden
In der Hölle nächtliches Tor!

Töne, Schwager, ins Horn,
Raßle den schallenden Trab,
Daß der Orkus vernehme: wir kommen!
Daß gleich an der Türe
Der Wirt uns freundlich empfange. *(v. 1789)*

Johann Wolfgang Goethe: Bundeslied, einem jungen Paar gesungen von Vieren

Den künft'gen Tag' und Stunden,
Nicht heut dem Tag allein,
Soll dieses Lied verbunden
Von uns gesungen sein.
Euch bracht ein Gott zusammen,
Der uns zusammenbracht.
Von schnellen, ew'gen Flammen
Seid glücklich durchgefacht!

Ihr seid nun eins, ihr beide,
Und wir mit euch sind eins.
Auf, trinkt der Dauerfreude
Ein Glas des echten Weins!
Auf, in der holden Stunde
Stoßt an und küsset treu
Bei diesem neuen Bunde
Die Alten wieder neu.

Nicht lang in unserm Kreise
Bist nicht mehr neu darin,
Kennst schon die freie Weise
Und unsern treuen Sinn.
So bleib' zu allen Zeiten
Herz Herzen zugekehrt;
Durch keine Kleinigkeiten
Werd' unser Bund gestört!

Uns hat ein Gott gesegnet
Ringsum mit freiem Blick,
Und wie umher die Gegend
So frisch sei unser Glück.
Durch Grillen nicht gedränget
Verknickt sich keine Lust;
Durch Zieren nicht geenget
Schlägt freier unsre Brust.

Mit jedem Schritt wird weiter
Die rasche Lebensbahn,
Und heiter, immer heiter
Steigt unser Blick hinan,
Und bleiben lange, lange,
Fort ewig so gesellt.
Ach, daß von einer Wange
Hier eine Träne fällt!

Doch ihr sollt nichts verlieren,
Die ihr verbunden bleibt,
Wenn einen einst von Vieren
Das Schicksal von euch treibt;
Ist's doch, als wenn er bliebe:
Euch ferne sucht sein Blick;
Erinnerung der Liebe
Ist wie die Liebe Glück. *(e. 1775)*

Johann Wolfgang Goethe: Bundeslied

In allen guten Stunden,
Erhöht von Lieb' und Wein,
Soll dieses Lied verbunden
Von uns gesungen sein!
Uns hält der Gott zusammen,
Der uns hierher gebracht.
Erneuert unsre Flammen!
Er hat sie angefacht.

So glühet fröhlich heute,
Seid recht von Herzen eins!
Auf, trinkt erneuter Freude
Dies Glas des echten Weins!
Auf, in der holden Stunde
Stoßt an und küsset treu
Bei jedem neuen Bunde
Die alten wieder neu!

Wer lebt in unserm Kreise
Und lebt nicht selig drin?
Genießt die freie Weise
Und treuen Brudersinn!
So bleibt durch alle Zeiten
Herz Herzen zugekehrt;
Von keinen Kleinigkeiten
Wird unser Bund gestört.

Uns hat ein Gott gesegnet
Mit freiem Lebensblick,
Und alles, was begegnet,
Erneuert unser Glück.
Durch Grillen nicht gedränget
Verknickt sich keine Lust;
Durch Zieren nicht geenget
Schlägt freier unsre Brust.

Mit jedem Schritt wird weiter
Die rasche Lebensbahn,
Und heiter, immer heiter
Steigt unser Blick hinan.
Uns wird es nimmer bange,
Wenn alles steigt und fällt,
Und bleiben lange, lange,
Auf ewig so gesellt.

(v. 1827)

Johann Wolfgang Goethe: Aus dem Tagebuch der Reise in die Schweiz

15. Junius 1775, aufm Zürichersee.

Ich saug' an meiner Nabelschnur
Nun Nahrung aus der Welt.
Und herrlich rings ist die Natur,
Die mich am Busen hält.
Die Welle wieget unsern Kahn
Im Rudertakt hinauf,
Und Berge wolkenangetan
Entgegnen unserm Lauf.

Aug mein Aug, was sinkst du nieder?
Goldne Träume, kommt ihr wieder?
Weg, du Traum, so gold du bist,
Hier auch Lieb und Leben ist.
Auf der Welle blinken
Tausend schwebende Sterne,
Liebe Nebel trinken
Rings die türmende Ferne,
Morgenwind umflügelt
Die beschattete Bucht,
Und im See bespiegelt
Sich die reifende Frucht.

Auf dem See

Und frische Nahrung, neues Blut
Saug' ich aus freier Welt;
Wie ist Natur so hold und gut,
Die mich am Busen hält!
Die Welle wieget unsern Kahn
Im Rudertakt hinauf,
Und Berge, wolkig himmelan,
Begegnen unserm Lauf.

Aug', mein Aug', was sinkst du nieder?
Goldne Träume, kommt ihr wieder?
Weg, du Traum, so gold du bist:
Hier auch Lieb' und Leben ist.

Auf der Welle blinken
Tausend schwebende Sterne,
Weiche Nebel trinken
Rings die türmende Ferne;
Morgenwind umflügelt
Die beschattete Bucht,
Und im See bespiegelt
Sich die reifende Frucht. *(v. 1789)*

II. Politisches und soziales Engagement

1. »Die Kindsmörderin«

Johann Wolfgang Goethe: Vor Gericht

Von wem ich's habe, das sag' ich euch nicht,
Das Kind in meinem Leib.
Pfui, speit ihr aus, die Hure da!
Bin doch ein ehrlich Weib.

Mit wem ich mich traute, das sag' ich euch nicht,
Mein Schatz ist lieb und gut,
Trägt er eine goldne Kett' am Hals,
Trägt er einen strohernen Hut.

Soll Spott und Hohn getragen sein,
Trag' ich allein den Hohn.
Ich kenn' ihn wohl, er kennt mich wohl,
Und Gott weiß auch davon.

Herr Pfarrer und Herr Amtmann ihr,
Ich bitt', laßt mich in Ruh!
Es ist mein Kind und bleibt mein Kind,
Ihr gebt mir ja nichts dazu. *(e. etwa 1776)*

Gotthold Friedrich Stäudlin: Seltha, die Kindermörderin

Bruchstück eines größern Gedichts. 1776

Ha! wie getroffen steh' ich hier!
Wie ist das Mark, die Seele mir
Von bangem Schaur durchflossen!
Ach weh! es ist dein Blut, mein Kind!
Das hier an diesem Felsen rinnt!
Ach weh! ich hab's vergossen!

Vergossen, Mutter! Kindesblut!
Fühl's ganz, wie lastend auf dir ruht
Der Fluch vom Sündenrächer!
Nimm, armes Weib! nimm aus der Hand
Der Rache, die von Gott gesandt,
Den giftgefüllten Becher!

Dich trifft die Rache nicht allein!
Auch Warthfils harret Höllenpein,
Der treulos dich verlassen?
Ha! siehst du nicht die Furien
Mit Geißeln, die den Schändlichen
An Nacken wütend fassen!

Der Falsche! – Ach! wie liebt' ich ihn!
Gab ihm der Unschuld Blüte hin
Mit zärtlichen Bedauern!
Zertreten ist die Blume nun!
Der sie zertrat, er floh davon
Auf neuen Raub zu lauern!

Magst buhlen auch in fernen Land,
Verräter! wirst du doch der Hand
Des Richters nicht entfliehen!
In Stunden süßer Taumellust
Wirst fühlen in der bangen Brust
Die ganze Hölle glühen!

In jedem Traum mit Angst erfüllt
Wird mein und meines Kindes Bild
Dir vor den Blicken schweben!
Wirst hören meinen Fluch – wirst sehn
Bluttropfen den Getöteten
An Stirn' und Wange kleben!

Will stehn am Lager Nächte lang
Und dir in stürmendem Gesang
Des Meineids Strafe singen!
Wie Donner soll ein jeder Schwur,
Von Gott gehört und der Natur,
In deine Ohren dringen! –

Ach wehe! da ich fluche dir,
Grausamer Vater! seh' ich hier
Dein Kind zu meinen Füßen!
Ich sehe noch um seinen Mund,
Entstellt von Todesbläss' und Wund',
Ein süßes Lächeln fließen!

Weg Leichnam! – dein gebrochner Blick,
Dein totes Lächeln heischt zurück
Von mir, von mir dein Leben!
Wollt' schmachten Jahre lang in Pein,
Ein Scheusal unter Menschen sein;
Könnt' ich dir's wieder geben!

So mordet dann mich Mörderin!
Nimmt all mein Blut mein Leben hin!
Was weil' ich auf der Erde,
Wo meinen Blicken überall
Mein Kind erscheint in Todesqual
Mit blutiger Gebärde!

Straf Richter du und Rächer mich!
Erbarme mein, Erbarmer, dich!
O schon der Hoffnungslosen
Verlaßnen Mutter! – Ewig nicht
Verwirf von deinem Angesicht,
Die Kindesblut vergossen!

Christian Friedrich Daniel Schubart: Das schwangere Mädchen

(Nachts beim Sternenlicht auf ihrer Mutter Grab.)

Gott, mit welchem Todesschauer
Stieg ich über diese Mauer!
Und wie starrt mein junges Blut,
Hier, wo meine Mutter ruht!

Blickt herab, ihr Sterne Gottes,
Blickt in diesen Hain des Todes,
Wo ich armes Mädchen steh',
Und zu Gott um Gnade fleh'.

Mutter, hörst du meine Klagen? –
Ach, was würdest du erst sagen,
Sähest du im Sternenlicht
Mein verbleichtes Angesicht!

Ja, so gehts! ich hab vermessen
Mutter, deiner Lehr vergessen:
Kind, sei keusch und fromm, – sprachst du,
Ach nun donnerst du mir zu.

Denn ein Jüngling kam verwegen
Mir mit Schmeichelein entgegen,
Sprach von Treu und Tugend viel,
Und ich Arme glaubts – und fiel.

Und nun eilt mit frecher Stirne
In die Arme einer Dirne
Der Verruchte, spottet, lacht,
Daß er mich zu Fall gebracht.

Ach, was machst du mir vor Schmerzen,
Würmlein, unter meinem Herzen!
Gott weiß, wär mirs nicht um dich;
In ein Wasser stürzt' ich mich.

Mutter, ach erbarm dich meiner!
Keiner ist auf Erden, keiner,
Der mich trösten kann, als du;
Ach, so sprich mir Tröstung zu!

Doch ich bin zum Fluch geboren,
Wer die Unschuld hat verloren,
Ist nicht einer Mutter wert,
Die die Tugend nie entehrt. –

Ha, was rauscht im Totensande! –
Ists ein Engel? – – Schande! Schande!
Mein Verführer! – – Rette mich!
Mutter, Mutter, rette mich!

Der Jüngling

Engel, Engel, laß mich weinen
Hier an heiligen Gebeinen! –
Deines Jünglings Träne fließt!
Sieh, daß er kein Böswicht ist!

Lieber Engel, ach verzeihe!
Sähst du nur die heiße Reue,
Hier im Busen glüht sie, hier!
Engel, gern verziehst du mir!

Hier bei deiner Mutter Grabe,
Wo ich dich belauschet habe,
Schwör ich: dir – nur dir allein
Ewig, ewig treu zu sein.

Klagen laß mich nicht vergebens,
Mach das Glücke meines Lebens,
Ewig seist du – ewig mein!
Alles, was ich hab', sei dein!

Du verzeihst mir? – o Entzücken!
Ach ich seh' in deinen Blicken
Tränen, Gottes Sternlein drin. –
Gott! wie ich so glücklich bin!

Mädchen, komm wir wollen knieen,
Zwar hast du mir schon verziehen:
Aber bet mit mir auch heut,
Daß uns Jesus auch verzeiht. *(v. 1778)*

Gottfried August Bürger: Des Pfarrers Tochter von Taubenhain

Im Garten des Pfarrers von Taubenhain
Geht's irre bei Nacht in der Laube.
Da flüstert und stöhnt's so ängstiglich;
Da rasselt, da flattert und sträubet es sich,
Wie gegen den Falken die Taube.

Es schleicht ein Flämmchen am Unkenteich,
Das flimmert und flammert so traurig.
Da ist ein Plätzchen, da wächst kein Gras;
Das wird vom Tau und vom Regen nicht naß;
Da wehen die Lüftchen so schaurig. –

Des Pfarrers Tochter von Taubenhain
War schuldlos wie ein Täubchen.
Das Mädel war jung, war lieblich und fein,
Viel ritten der Freier nach Taubenhain
Und wünschten Rosetten zum Weibchen. –

Von drüben herüber, von drüben herab,
Dort jenseits des Baches vom Hügel,
Blinkt stattlich ein Schloß auf das Dörfchen im Tal,
Die Mauern wie Silber, die Dächer wie Stahl,
Die Fenster wie brennende Spiegel.

Da trieb es der Junker von Falkenstein
In Hüll' und in Füll' und in Freude.
Dem Jüngferchen lacht' in die Augen das Schloß,
Ihm lacht' in das Herzchen der Junker zu Roß,
Im funkelnden Jägergeschmeide. –

Er schrieb ihr ein Briefchen auf Seidenpapier,
Umrändelt mit goldenen Kanten.
Er schickt' ihr sein Bildnis, so lachend und hold,
Versteckt in ein Herzchen von Perlen und Gold;
Dabei war ein Ring mit Demanten. –

»Laß du sie nur reiten und fahren und gehn!
Laß du sie sich werben zuschanden!
Rosettchen, dir ist wohl was Bessers beschert.
Ich achte des stattlichsten Ritters dich wert,
Beliehen mit Leuten und Landen.

Ich hab' ein gut Wörtchen zu kosen mit dir;
Das muß ich dir heimlich vertrauen.
Drauf hätt' ich gern heimlich erwünschten Bescheid.
Lieb Mädel, um Mitternacht bin ich nicht weit;
Sei wacker und laß dir nicht grauen!

Heut mitternacht horch auf den Wachtelgesang,
Im Weizenfeld hinter dem Garten.
Ein Nachtigallmännchen wird locken die Braut,
Mit lieblichem tief afflötendem Laut;
Sei wacker und laß mich nicht warten!« –

Er kam in Mantel und Kappe vermummt,
Er kam um die Mitternachtstunde,
Er schlich, umgürtet mit Waffen und Wehr,
So leise, so lose, wie Nebel, einher
Und stillte mit Brocken die Hunde.

Er schlug der Wachtel hellgellenden Schlag
Im Weizenfeld hinter dem Garten.
Dann lockte das Nachtigallmännchen die Braut,
Mit lieblichem tief aufflötendem Laut;
Und Röschen, ach! – ließ ihn nicht warten. –

Er wußte sein Wörtchen so traulich und süß
In Ohr und Herz ihr zu girren! –
Ach, Liebender Glauben ist willig und zahm!
Er sparte kein Locken, die schüchterne Scham
Zu seinem Gelüste zu kirren.

Er schwur sich bei allem, was heilig und hehr,
Auf ewig zu ihrem Getreuen.
Und als sie sich sträubte, und als er sie zog,
Vermaß er sich teuer, vermaß er sich hoch:
»Lieb Mädel, es soll dich nicht reuen!«

Er zog sie zur Laube, so düster und still,
Von blühenden Bohnen umdüftet.
Da pocht' ihr das Herzchen; da schwoll ihr die Brust;
Da wurde vom glühenden Hauche der Lust
Die Unschuld zu Tode vergiftet. – – –

Bald, als auf duftendem Bohnenbeet
Die rötlichen Blumen verblühten,
Da wurde dem Mädel so übel und weh;
Da bleichten die rosichten Wangen zu Schnee;
Die funkelnden Augen verglühten.

Und als die Schote nun allgemach
Sich dehnt' in die Breit' und Länge;
Als Erdbeer' und Kirsche sich rötet' und schwoll,
Da wurde dem Mädel das Brüstchen zu voll,
Das seidene Röckchen zu enge.

Und als die Sichel zu Felde ging,
Hub's an sich zu regen und strecken.
Und als der Herbstwind über die Flur
Und über die Stoppel des Habers fuhr,
Da konnte sie's nicht mehr verstecken.

Der Vater, ein harter und zorniger Mann,
Schalt laut die arme Rosette:
»Hast du dir erbuhlt für die Wiege das Kind,
So hebe dich mir aus den Augen geschwind
Und schaff' auch den Mann dir ins Bette!«

Er schlang ihr fliegendes Haar um die Faust;
Er hieb sie mit knotigen Riemen.
Er hieb, das schallte so schrecklich und laut!
Er hieb ihr die samtene Lilienhaut
Voll schwellender blutiger Striemen.

Er stieß sie hinaus in der finstersten Nacht
Bei eisigem Regen und Winden.
Sie klimmt' am dornigen Felsen empor
Und tappte sich fort bis an Falkensteins Tor,
Dem Liebsten ihr Leid zu verkünden. –

»O weh mir, daß du mich zur Mutter gemacht,
Bevor du mich machtest zum Weibe!
Sieh her! Sieh her! Mit Jammer und Hohn
Trag ich dafür nun den schmerzlichen Lohn
An meinem zerschlagenen Leibe!«

Sie warf sich ihm bitterlich schluchzend ans Herz;
Sie bat, sie beschwur ihn mit Zähren:
»O mach es nun gut, was du übel gemacht!
Bist du es, der so mich in Schande gebracht,
So bring auch mich wieder zu Ehren!«

»Arm Närrchen«, versetzt' er, »das tut mir ja leid!
Wir wollen's am Alten schon rächen.
Erst gib dich zufrieden und harre bei mir!
Ich will dich schon hegen und pflegen allhier.
Dann wollen wir's ferner besprechen.« –

»Ach, hier ist kein Säumen, kein Pflegen noch Ruh'n!
Das bringt mich nicht wieder zu Ehren.
Hast du einst treulich geschworen der Braut,
So laß auch an Gottes Altare nun laut
Vor Priester und Zeugen es hören!«

»Ho, Närrchen, so hab' ich es nimmer gemeint!
Wie kann ich zum Weibe dich nehmen?
Ich bin ja entsprossen aus adligem Blut.
Nur Gleiches zu Gleichem gesellet sich gut;
Sonst müßte mein Stamm sich ja schämen.

Lieb Närrchen, ich halte dir's, wie ich's gemeint:
Mein Liebchen sollst immerdar bleiben.
Und wenn dir mein wackerer Jäger gefällt,
So lass' ich's mir kosten ein gutes Stück Geld.
Dann können wir's ferner noch treiben.«

»Daß Gott dich! – du schändlicher, bübischer Mann! –
Daß Gott dich zur Hölle verdamme! –
Entehr' ich als Gattin dein adliges Blut,
Warum denn, o Bösewicht, war ich einst gut
Für deine unehrliche Flamme? –

So geh dann und nimm dir ein adliges Weib! –
Das Blättchen soll schrecklich sich wenden!
Gott siehet und höret und richtet uns recht.
So müsse dereinst dein niedrigster Knecht
Das adlige Bette dir schänden! –

Dann fühle, Verräter, dann fühle, wie's tut,
An Ehr' und an Glück zu verzweifeln!
Dann stoß an die Mauer die schändliche Stirn,
Und jag eine Kugel dir fluchend durchs Hirn!
Dann, Teufel, dann fahre zu Teufeln!« –

Sie riß sich zusammen, sie raffte sich auf,
Sie rannte verzweifelnd von hinnen,
Mit blutigen Füßen, durch Distel und Dorn,
Durch Moor und Geröhricht, vor Jammer und Zorn
Zerrüttet an allen fünf Sinnen.

»Wohin nun, wohin, o barmherziger Gott,
Wohin nun auf Erden mich wenden?« –
Sie rannte, verzweifelnd an Ehr' und an Glück,
Und kam in den Garten der Heimat zurück,
Ihr klägliches Leben zu enden.

Sie taumelt', an Händen und Füßen verklomt[34],
Sie kroch zur unseligen Laube;
Und jach durchzuckte sie Weh auf Weh,
Auf ärmlichem Lager, bestreuet mit Schnee,
Von Reisicht und rasselndem Laube.

Es wand ihr ein Knäbchen sich weinend vom Schoß
Bei wildem unsäglichem Schmerze.
Und als das Knäbchen geboren war,
Da riß sie die silberne Nadel vom Haar
Und stieß sie dem Knaben ins Herze.

Erst, als vollendet die blutige Tat,
Mußt', ach! ihr Wahnsinn sich enden.
Kalt wehten Entsetzen und Grausen sie an. –
»O Jesu, mein Heiland, was hab' ich getan?«
Sie wand sich das Bast[35] von den Händen.

Sie kratzte mit blutigen Nägeln ein Grab,
Am schilfigen Unkengestade.
»Da ruh du, mein Armes, da ruh nun in Gott,
Geborgen auf immer vor Elend und Spott!
Mich hacken die Raben vom Rade!« – –

Das ist das Flämmchen am Unkenteich;
Das flimmert und flammert so traurig.
Das ist das Plätzchen, da wächst kein Gras;
Das wird vom Tau und vom Regen nicht naß!
Da wehen die Lüftchen so schaurig!

Hoch hinter dem Garten vom Rabenstein,
Hoch über dem Steine vom Rade
Blickt, hohl und düster, ein Schädel herab,
Das ist ihr Schädel, der blicket aufs Grab,
Drei Spannen lang an dem Gestade.

Allnächtlich herunter vom Rabenstein,
Allnächtlich herunter vom Rade
Huscht bleich und molkicht ein Schattengesicht,
Will löschen das Flämmchen, und kann es doch nicht,
Und wimmert am Unkengestade. *(e. 1781)*

---

(34) * vor Kälte steif
(35) * Haut

Friedrich Schiller: Die Kindsmörderin

Horch – die Glocken weinen dumpf zusammen,
Und der Zeiger hat vollbracht den Lauf,
Nun, so sei's denn! – Nun, in Gottes Namen!
Grabgefährten brecht zum Richtplatz auf.
Nimm o Welt die letzten Abschiedsküsse,
Diese Tränen nimm o Welt noch hin.
Deine Gifte – o sie schmeckten süße! –
Wir sind quitt du Herzvergifterin.

Fahret wohl ihr Freuden dieser Sonne
Gegen schwarzen Moder umgetauscht!
Fahre wohl du Rosenzeit voll Wonne,
Die so oft das Mädchen lustberauscht;
Fahret wohl ihr goldgewebten Träume,
Paradieseskinder Fantasie'n! –
Weh! sie starben schon im Morgenkeime,
Ewig nimmer an das Licht zu blühn.

Schön geschmückt mit rosenroten Schleifen
Deckte mich der Unschuld Schwanenkleid,
In der blonden Locken loses Schweifen
Waren junge Rosen eingestreut: –
Wehe! – Die Geopferte der Hölle
Schmückt noch itzt das weißlichte Gewand,
Aber ach! – der Rosenschleifen Stelle
Nahm ein schwarzes Totenband.

Weinet um mich, die ihr nie gefallen,
Denen noch der Unschuld Lilien blühn,
Denen zu dem weichen Busenwallen
Heldenstärke die Natur verliehn!
Wehe! menschlich hat dies Herz empfunden! –
Und Empfindung soll mein Richtschwert sein! –
Weh! vom Arm des falschen Manns umwunden
Schlief Louisens Tugend ein.

Ach vielleicht umflattert eine andre
Mein vergessen dieses Schlangenherz,
Überfließt, wenn ich zum Grabe wandre,
An dem Putztisch in verliebten Scherz?
Spielt vielleicht mit seines Mädchens Locke?
Schlingt den Kuß, den sie entgegenbringt?
Wenn verspritzt auf diesem Todesblocke
Hoch mein Blut vom Rumpfe springt.

Joseph! Joseph! auf entfernte Meilen
Folge dir Louisens Totenchor,
Und des Glockenturmes dumpfes Heulen
Schlage schröcklichmahnend an dein Ohr –
Wenn von eines Mädchens weichem Munde
Dir der Liebe sanft Gelispel quillt,
Bohr es plötzlich eine Höllenwunde
In der Wollust Rosenbild!

Ha Verräter! Nicht Louisens Schmerzen?
Nicht des Weibes Schande harter Mann?
Nicht das Knäblein unter meinem Herzen?
Nicht was Löw' und Tiger milden kann?
Seine Segel fliegen stolz vom Lande,
Meine Augen zittern dunkel nach,
Um die Mädchen an der *Seine* Strande
Winselt er sein falsches Ach! – –

Und das Kindlein – in der Mutter Schoße
Lag es da in süßer goldner Ruh,
In dem Reiz der jungen Morgenrose
Lachte mir der holde Kleine zu,
Tödlichlieblich sprang aus allen Zügen
Des geliebten Schelmen Konterfei;
Den beklommnen Mutterbusen wiegen
Liebe und – Verräterrei.

Weib, wo ist mein Vater? lallte
Seiner Unschuld stumme Donnersprach,
Weib, wo ist dein Gatte? hallte
Jeder Winkel meines Herzens nach –
Weh, umsonst wirst Waise du ihn suchen,
Der vielleicht schon andre Kinder herzt,
Wirst der Stunde unsrer Wollust fluchen,
Wenn dich einst der Name Bastard schwärzt.

Deine Mutter – o im Busen Hölle! –
Einsam sitzt sie in dem All der Welt,
Durstet ewig an der Freudenquelle,
Die dein Anblick fürchterlich vergällt,
Ach, in jedem Laut von dir erwachet,
Toter Wonne Qualerinnerung,
Jeder deiner holden Blicke fachet
Die unsterbliche Verzweifelung.

Hölle, Hölle wo ich dich vermisse,
Hölle wo mein Auge dich erblickt,
Eumenidenruten[36] deine Küsse,
Die von *seinen* Lippen mich entzückt,
Seine Eide donnern aus dem Grabe wieder,
Ewig, ewig würgt sein Meineid fort,
Ewig – hier umstrickte mich die Hyder[37]; –
Und vollendet war der Mord –

Joseph! Joseph! auf entfernte Meilen
Jage dir der grimme Schatten nach,
Mög mit kalten Armen dich ereilen,
Donnre dich aus Wonneträumen wach,
Im Geflimmer sanfter Sterne zucke
Dir des Kindes grasser Sterbeblick,
Es begegne dir im blutgen Schmucke,
Geißle dich vom Paradies zurück.

---

(36) * »die Wohlgesinnten«; positive Bezeichnung der Rachegöttinnen (Erinnyen)

(37) * Hydra, vielköpfiges mythisches Ungeheuer; besonders die von Herkules besiegte Lernäische Schlange

Seht! da lag es – lag im warmen Blute,
Das noch kurz im Mutterherzen sprang,
Hingemetzelt mit Erinnysmute[38],
Wie ein Veilchen unter Sensenklang; – –
Schröcklich pocht schon des Gerichtes Bote,
Schröcklicher mein Herz!
Freudig eilt' ich in dem kalten Tode
Auszulöschen meinen Flammenschmerz.

Joseph! Gott im Himmel kann verzeihen,
Dir verzeiht die Sünderin.
Meinen Groll will ich der Erde weihen,
Schlage Flamme durch den Holzstoß hin –
Glücklich! Glücklich! Seine Briefe lodern,
Seine Eide frißt ein siegend Feu'r,
Seine Küsse! – wie sie hochan flodern![39] –
Was auf Erden war mir einst so teu'r?

Trauet nicht den Rosen eurer Jugend,
Trauet, Schwestern, Männerschwüren nie!
Schönheit war die Falle meiner Tugend,
Auf der Richtstatt hier verfluch' ich sie! –
Zähren? Zähren in des Würgers Blicken?
Schnell die Binde um mein Angesicht!
Henker kannst du keine Lilie knicken?
Bleicher Henker zittre nicht! – – –

(v. 1782)

---

(38) * Erinnys: s. Anm. 36
(39) * flattern

2. Adelskritik (»In tyrannos«)

Gottfried August Bürger: Der Bauer

An seinen durchlauchtigen Tyrannen

Wer bist du, Fürst, daß ohne Scheu
Zerrollen mich dein Wagenrad,
Zerschlagen darf dein Roß?

Wer bist du, Fürst, daß in mein Fleisch
Dein Freund, dein Jagdhund, ungebleut
Darf Klau' und Rachen haun?

Wer bist du, daß, durch Saat und Forst,
Das Hurra deiner Jagd mich treibt,
Entatmet, wie das Wild? –

Die Saat, so deine Jagd zertritt,
Was Roß und Hund und du verschlingst,
Das Brot, du Fürst, ist mein.

Du Fürst hast nicht, bei Egg' und Pflug,
Hast nicht den Erntetag durchschwitzt.
Mein, mein ist Fleiß und Brot! –

Ha! du wärst Obrigkeit von Gott?
Gott spendet Segen aus; du raubst!
Du nicht von Gott, Tyrann! *(e. 1775)*

Gottfried August Bürger: Die Tode

Für Tugend, Menschenrecht und Menschenfreiheit sterben
Ist höchst erhabner Mut, ist Welterlösertod:
Denn nur die göttlichsten der Heldenmenschen färben
Dafür den Panzerrock mit ihrem Herzblut rot.

Am höchsten ragt an ihm die große Todesweihe
Für sein verwandtes Volk, sein Vaterland hinan.
Dreihundert Sparter[40] ziehn in dieser Heldenreihe
Durchs Tor der Ewigkeit den übrigen voran.

So groß ist auch der Tod für einen guten Fürsten,
Mit Zepter, Waag' und Schwert in tugendhafter Hand.
Wohl mag der Edlen Mut nach solchem Tode dürsten:
Denn es ist Tod zugleich für Volk und Vaterland.

Der Tod für Freund und Kind und für die süße Holde
Ist, wenn nicht immer groß, doch rührend stets und schön.
Denn es ist Todesgang, den, nicht erkauft mit Golde,
Im Drange des Gefühls nur edle Menschen gehn.

Für blanke Majestät und weiter nichts verbluten,
Wer das für groß, für schön und rührend hält, der irrt.
Denn das ist Hundemut, der eingepeitscht mit Ruten
Und eingefuttert mit des Hofmahls Brocken wird.

Sich für Tyrannen gar hinab zur Hölle balgen,
Das ist ein Tod, der nur der Hölle wohlgefällt.
Wo solch ein Held erliegt, da werde Rad und Galgen
Für Straßenräuber und für Mörder aufgestellt!

(e. 1792)

---

(40) * Spartaner; Anspielung auf den Tod der 300 Spartaner unter Leonidas bei den Thermopylen 480 v. Chr.

Christian Friedrich Daniel Schubart: Die Fürstengruft

Da liegen sie, die stolzen Fürstentrümmer,
Ehmals die Götzen ihrer Welt!
Da liegen sie, vom fürchterlichen Schimmer
Des blassen Tags erhellt!

Die alten Särge leuchten in der dunklen
Verwesungsgruft, wie faules Holz,
Wie matt die großen Silberschilde funklen!
Der Fürsten letzter Stolz.

Entsetzen packt den Wandrer hier am Haare,
Geußt Schauer über seine Haut,
Wo Eitelkeit, gelehnt an eine Bahre,
Aus hohlen Augen schaut.

Wie fürchterlich ist hier des Nachhalls Stimme!
Ein Zehentritt stört seine Ruh.
Kein Wetter Gottes spricht mit lautrem Grimme:
O Mensch, wie klein bist du!

Denn ach! hier liegt der edle Fürst! der Gute!
Zum Völkersegen einst gesandt,
Wie der, den Gott zur Nationenrute
Im Zorn zusammenband.

An ihren Urnen weinen Marmorgeister;
Doch kalte Tränen nur von Stein,
Und lachend grub – vielleicht ein welscher Meister,
Sie einst dem Marmor ein.

Da liegen Schädel mit verloschnen Blicken,
Die ehmals hoch herabgedroht,
Der Menschheit Schrecken! – Denn an ihrem Nicken
Hing Leben oder Tod.

Nun ist die Hand herabgefault zum Knochen,
Die oft mit kaltem Federzug
Den Weisen, der am Thron zu laut gesprochen,
In harte Fesseln schlug.

Zum Totenbein ist nun die Brust geworden,
Einst eingehüllt in Goldgewand,
Daran ein Stern und ein entweihter Orden,
Wie zween Kometen stand.

Vertrocknet und verschrumpft sind die Kanäle,
Drin geiles Blut, wie Feuer floß,
Das schäumend Gift der Unschuld in die Seele,
Wie in den Körper goß.

Sprecht Höflinge, mit Ehrfurcht auf der Lippe,
Nun Schmeichelein ins taube Ohr! –
Beräuchert das durchlauchtige Gerippe
Mit Weihrauch, wie zuvor!

Es steht nicht auf, euch Beifall zuzulächeln,
Und wiehert keine Zoten mehr,
Damit geschminkte Zofen ihn befächeln,
Schamlos und geil, wie er.

Sie liegen nun, den eisern Schlaf zu schlafen,
Die Menschengeißeln unbetraurt!
Im Felsengrab, verächtlicher als Sklaven,
In Kerker eingemaurt.

Sie, die im ehrnen Busen niemals fühlten
Die Schrecken der Religion,
Und Gottgeschaffne, beßre Menschen hielten
Für Vieh, bestimmt zur Fron;

Die das Gewissen jenem mächt'gen Kläger,
Der alle Schulden niederschreibt,
Durch Trommelschlag, durch welsche Trillerschläger
Und Jagdlärm übertäubt;

Die Hunde nur und Pferd' und fremde Dirnen
Mit Gnade lohnten, und Genie
Und Weisheit darben ließen; denn das Zürnen
Der Geister schreckte sie.

Die liegen nun in dieser Schauergrotte
Mit Staub und Würmern zugedeckt,
So stumm! so ruhmlos! – Noch von keinem Gotte
Ins Leben aufgeweckt.

Weckt sie nur nicht mit eurem bangen Ächzen
Ihr Scharen, die sie arm gemacht,
Verscheucht die Raben, daß von ihrem Krächzen
Kein Wütrich hier erwacht!

Hier klatsche nicht des armen Landmanns Peitsche,
Die nachts das Wild vom Acker scheucht!
An diesem Gitter weile nicht der Deutsche,
Der siech vorüberkeucht!

Hier heule nicht der bleiche Waisenknabe,
Dem ein Tyrann den Vater nahm;
Nie fluche hier der Krüppel an dem Stabe,
Von fremdem Solde lahm.

Damit die Quäler nicht zu früh erwachen;
Seid menschlicher, erweckt sie nicht.
Ha! früh genug wird über ihnen krachen,
Der Donner am Gericht.

Wo Todesengel nach Tyrannen greifen,
Wenn sie im Grimm der Richter weckt,
Und ihre Greu'l zu einem Berge häufen,
Der flammend sie bedeckt.

Ihr aber, beßre Fürsten, schlummert süße
Im Nachtgewölbe dieser Gruft!
Schon wandelt euer Geist im Paradiese,
Gehüllt in Blütenduft.

Jauchzt nur entgegen jenem großen Tage,
Der aller Fürsten Taten wiegt,
Wie Sternenklang tönt euch des Richters Waage,
Drauf eure Tugend liegt.

Ach, unterm Lispel eurer frohen Brüder –
Ihr habt sie satt und froh gemacht,
Wird eure volle Schale sinken nieder,
Wenn ihr zum Lohn erwacht.

Wie wird's euch sein, wenn ihr vom Sonnenthrone
Des Richters Stimme wandeln hört:
»Ihr Brüder, nehmt auf ewig hin die Krone,
Ihr seid zu herrschen wert.« *(e. 1779/80)*

Christian Friedrich Daniel Schubart: Der Gefangene[41]

Gefangner Mann, ein armer Mann!
Durchs schwarze Eisengitter
Starr' ich den fernen Himmel an,
Und wein' und seufze bitter.

Die Sonne, sonst so hell und rund,
Schaut trüb auf mich herunter;
Und kömmt die braune Abendstund,
So geht sie blutig unter.

Mir ist der Mond so gelb, so bleich,
Er wallt im Witwenschleier;
Die Sterne mir – sind Fackeln gleich
Bei einer Totenfeier.

---

(41) * Schubart selbst war von 1777 bis 1787 auf dem Hohenasperg auf Befehl des Herzogs Karl Eugen gefangen.

Mag sehen nicht die Blümlein blühn,
Nicht fühlen Lenzeswehen;
Ach! lieber säh' ich Rosmarin
Im Duft der Gräber stehen.

Vergebens wiegt der Abendhauch
Für mich die goldnen Ähren;
Möcht' nur in meinem Felsenbauch
Die Stürme brausen hören.

Was hilft mir Tau, und Sonnenschein
Im Busen einer Rose;
Denn nichts ist mein, ach! nichts ist mein,
Im Muttererdenschoße.

Kann nimmer an der Gattin Brust,
Nicht an der Kinder Wangen,
Mit Gattenwonne, Vaterlust
In Himmelstränen hangen.

Gefangner Mann, ein armer Mann!
Fern von den Lieben allen,
Muß ich des Lebens Dornenbahn
In Schauernächten wallen.

Es gähnt mich an die Einsamkeit,
Ich wälze mich auf Nesseln;
Und selbst mein Beten wird entweiht
Vom Klirren meiner Fesseln.

Mich drängt der hohen Freiheit Ruf;
Ich fühl's, daß Gott nur Sklaven
Und Teufel für die Ketten schuf,
Um sie damit zu strafen.

Was hab' ich, Brüder! euch getan?
Kommt doch, und seht mich Armen!
Gefangner Mann! ein armer Mann!
Ach! habt mit mir Erbarmen! *(e. 1782)*

Christian Friedrich Daniel Schubart: Willkomm

Den 13. Mai, als unser Herzog heimkam.

Willkommen, Carl, nach einem langen Fluge
In fernes Land!
Willkommen hier in deiner Sueven[42] Gauen!
Siehst du die Wonnezähre tauen?
Und die gefaltne Hand?

Und feurig hin ans Sternenfeld geheftet
Des Beters Blick?
Ein Engel trat aus seinem Sonnenkreise,
War dein Gefährte auf der Reise
Und kam mit dir zurück.

Als todweissagend in des Schiffes Ritzen
Das Wasser drang,
Da hat sein Arm dich aus dem Schiff gehoben,
Eh' es mit fürchterlichem Toben
Die wilde See verschlang.

Allherrscher in dem Himmel, ach! drum danken
Mit Tränen wir.
Du, unsers Fürsten mächtigster Erhalter,
Sieh Myriaden Händefalter,
Sie alle danken dir.

Wir jauchzten, als des Fürsten Wagen rollte,
Da ist Er ja!
CARL, seines Volkes Stolz! und ihre Freude,
FRANZISKA strahlt an seiner Seite!
Heil uns! denn CARL ist da.

Ist wieder in dem Schoße seiner Treuen
Am Neckar, wo
Des Vaterlandes Lüfte ihn bewehen,
Wo Kinder ihm entgegengehen,
Ach! unaussprechlich froh.

(42) * Schwaben

Nun hast du, CARL, der Völker viel gewogen –
Doch fandst du eins
Mit deinen tiefen Menschenforscherblicken
So schwer auf deiner Waage nicken?
So treu, so gut wie deins?

Drum bleibe, CARL, in Deines Landes Mitte!
Sieh um dich her
Die schöne Gruppe deiner Kinder stehen
Und dich mit Schimmerblicken flehen:
Verlaß uns nimmermehr! *(e. 1789)*

Friedrich Schiller: Die schlimmen Monarchen

Euren Preis erklimme meine Leier –
Erdengötter – die der süßen Feier
Anadyomenens[43] sanft nur klang;
Leiser um das pompende Getöse,
Schüchtern um die Purpurflammen eurer Größe
Zittert der Gesang.

Redet! Soll ich goldne Saiten schlagen,
Wenn vom Jubelruf empor getragen
Euer Wagen durch den Walplatz rauscht?
Wenn ihr, schlapp vom eisernen Umarmen,
Schwere Panzer mit den weichen Rosenarmen
Eurer Phrynen[44] tauscht? –

Soll vielleicht im Schimmer goldner Reifen,
Götter, euch die kühne Hymne greifen,
Wo in mystisch Dunkel eingemummt
Euer Spleen mit Donnerkeilen tändelt,
Mit *Verbrechen* eine *Menschlichkeit* bemäntelt,
Bis – das Grab verstummt?

Sing ich R u h e unter Diademen?
Soll ich, Fürsten, eure Träume rühmen? –
Wenn der Wurm am Königsherzen zehrt,
Weht der goldne Schlummer um den Mohren,
Der den Schatz bewacht an des Palastes Toren
Und – ihn nicht begehrt.

Zeig, o Muse, wie mit Rudersklaven
Könige auf e i n e m Polster schlafen,
Die g e l ö s c h t e n Blitze freundlich tun,
Wo nun nimmer ihre Launen foltern,
Nimmer die Theaterminotaure[45] poltern,
Und – die Löwen ruhn.

Auf! Betaste mit dem Zaubersiegel,
Hekate[46], des Gruftgewölbes Riegel!
Horch! die Flügel donnern jach zurück!
Wo des Todes Odem dumpfig säuselt,
Schauerluft die starren Locken aufwärts kräuselt,
Sing ich – F ü r s t e n g l ü c k. – –

Hier das Ufer? – Hier in diesen Grotten
Stranden eurer Wünsche stolze Flotten?
Hier – wo eurer Größe Flut sich stößt?
Ewig nie dem Ruhme zu erwarmen,
Schmiedet hier die Nacht mit schwarzen Schauerarmen
Potentaten fest.

Traurig funkelt auf dem Totenkasten
Eurer Kronen, der umperlten Lasten,
Eurer Zepter undankbare Pracht.
Wie so schön man Moder übergoldet!
Doch nur Würmer werden mit dem Leib besoldet,
Dem – die Welt gewacht.

---

(43) * die aus dem Meer geborene Göttin der Liebe, Aphrodite Anadyomene
(44) * bekannte Hetäre Athens im 4. Jh. v. Chr., Modell des Bildhauers Praxiteles für seine Aphroditestatuen
(45) * Minotaurus: sagenhaftes Ungeheuer auf Kreta, halb Stier, halb Mensch
(46) * Göttin der Zauberei

Stolze Pflanzen in so niedern Beeten!
Seht doch! – wie mit welken Majestäten
Garstig spaßt der unverschämte Tod!
Die durch Nord und Ost und West geboten,
Dulden sie des Unholds ekelhafte Zoten,
Und – kein Sultan droht?

Springt doch auf, ihr störrige Verstummer,
Schüttelt ab den tausendpfundgen Schlummer,
Siegespauken trommeln aus der Schlacht,
Höret doch, wie hell die Zinken schmettern!
Wie des Volkes wilde Vivat euch vergöttern!
Könige erwacht!

Siebenschläfer! – o so hört die hellen
Hörner klingen und die Doggen bellen!
Tausendröhrigt knallt das Jagdenfeur;
Muntre Rosse wiehern nach dem Forste,
Blutig wälzt der Eber seine Stachelborste,
Und – der Sieg ist eur!

Was ist das? – Auch Fürsten schweigen selber?
Neunfach durch die heulenden Gewölber
Spottet mir ein schleifend Echo nach –
Hört doch nur den Kammerjunker düsseln[47]:
Euch beehrt Madonna mit geheimen Schlüsseln
In – ihr Schlafgemach.

Keine Antwort – Ernstlich ist die Stille –
Fällt denn auch auf Könige die Hülle,
Die die Augen des Trabanten deckt? –
Und ihr fodert Anbetung in Asche,
Daß die blinde Metze Glück in eure Tasche
Eine – Welt gesteckt?

(47) * flüstern

Und ihr rasselt, Gottes Riesenpuppen,
Hoch daher in kindischstolzen Gruppen,
Gleich dem Gaukler in dem Opernhaus? –
Pöbelteufel klatschen dem Geklimper,
Aber weinend zischen den erhabnen Stümper
Seine Engel aus.

Ins Gebiet der leiseren Gedanken
Würden – überwänden sie die Schranken –
Schlangenwirbel eure Mäkler drehn;
Lernt doch, daß, die euren zu entfalten,
Blicke, die auch Pharisäerlarven spalten,
Von dem Himmel sehn.

Prägt ihr zwar – Hohn ihrem falschen Schalle! –
Euer Bild auf lügende Metalle,
Schnödes Kupfer adelt ihr zu Gold –
Eure Juden schachern mit der Münze, –
Doch wie anders klingt sie über jener Grenze,
Wo die Waage rollt!

Decken euch Seraile dann und Schlösser,
Wann des Himmels fürchterlicher Presser
An des großen Pfundes Zinsen mahnt?
Ihr bezahlt den Bankerott der Jugend
Mit Gelübden und mit *lächerlicher Tugend*,
Die – Hanswurst erfand.

Berget immer die erhabne Schande
Mit des *Majestätsrechts* Nachtgewande!
Bübelt aus des Thrones Hinterhalt!
Aber zittert für des Liedes Sprache:
Kühnlich durch den Purpur bohrt der Pfeil der Rache
Fürstenherzen kalt. *(v. 1782)*

III. Neue Stoffe und Formen

1. Volksdichtung

Johann Wolfgang Goethe: Die Gesänge von Selma

[›Die Gesänge von Selma‹ sind eines der Lieder, die der Schotte James Macpherson aus irischen und schottischen Sagenstoffen dichtete, dem Sänger Ossian in den Mund legte und als Übersetzung alter gälischer Dichtungen ausgab. Sie wurden ein europäischer Erfolg (erste Gesamtausgabe 1765), und trotz aufkommender Zweifel war auch Herder von ihrer Echtheit überzeugt. Er nahm Ossian als Beispiel für seine neue Auffassung von Volksdichtung, die Goethe in Straßburg zusammen mit dem englischen Originaltext von ihm kennenlernte – in Übersetzung kannte er Ossian schon länger. Im Herbst 1771, nach dem Straßburger Aufenthalt, faßte Herder seine Gedanken in dem Essay ›Auszug aus einem Briefwechsel über Ossian und die Lieder alter Völker‹ (veröffentlicht 1773) zusammen, während Goethe ›Die Gesänge von Selma‹ übersetzte. Diese Übersetzung schenkte er Friederike Brion; eine verbesserte und erweiterte Fassung baute er später in seinen Briefroman ›Die Leiden des jungen Werthers‹ ein (2. Buch, Brief vom 12. Okt.: Charakteristik von Ossians Dichtung; danach berichtet der Herausgeber, wie Werther die Übersetzung Lotte vorliest).
Zu Beginn des Textes wendet sich der Dichter Ossian an den Abendstern und erinnert sich dann an ein Fest mit Freunden in der Königshalle seines Vaters Fingal auf Selma, zu dem Heldengesänge vorgetragen wurden. Zuerst gibt er ein Lied Minonas wieder, die den Klagegesang Colmas dargeboten hat, deren Geliebter und deren Bruder einander getötet haben.]

Stern der niedersinkenden Nacht! Schön ist dein Licht im Westen! Du hebest dein lockiges Haupt aus deiner Wolke: ruhig wandelst du über deinen Hügel. Was siehst du nach der Ebne? Es ruhen die stürmischen Winde. Das Murmeln der Ströme kommt aus der Ferne. Brüllende Wellen klettern den entlegenen Felsen hinan.

Die Fliegen des Abends schweben auf ihren zarten Schwingen, das Summen ihres Zugs ist über dem Feld. Wo nach blickst du, schönes Licht? Aber du lächlest und gehst. Fahrewohl du schweigender Strahl. Daß das Licht in Ossians Seele heraufsteige.
Und es steigt herauf in seiner Stärke. Ich sehe meine verschiedenen Freunde. Ihre Versammlung ist auf Lora, wie in den Tagen, die vorüber sind. Fingäl kömmt wie eine wäßrige Säule von Nebel; seine Helden sind um ihn her. Und sieh! Die Sänger der Lieder; grauhaariger Ullin! ansehnlicher Ryno! Alpin mit der melodischen Stimme! und die sanfte Klage von Minona! O wie habt ihr euch verändert, meine Freunde, seit den festlichen Tagen von Selma, da wir wetteiferten wie Lüfte des Frühlings, sie fliegen über den Hügel und beugen wechselnd das sanftlispelnde Gras.
Minona trat hervor in ihrer Schönheit, mit niedergeschlagenem Blick und weinendem Auge. Schwer flossen ihr die Locken am Wind, der nur manchmal vom Hügel her stieß. Die Seelen der Helden wurden trüb, da sie die liebliche Stimme erhub; denn oft hatten sie das Grab Salgars gesehen, und die dunkle Behausung der weißbusigen Colma. Colma blieb allein auf dem Hügel mit ihrer melodischen Stimme. Salgar hatte versprochen zu kommen, aber die Nacht stieg ringsumher nieder. Hört die Stimme von Colma, da sie allein saß am Hügel.

Colma

Es ist Nacht; – Ich bin allein verloren auf dem stürmischen Hügel. Der Wind braust zwischen dem Berge. Der Wasserfall saust den Felsen hinab. Keine Hütte nimmt mich vorm Regen auf. Ich bin verloren auf dem stürmischen Hügel.
Tritt, o Mond! hervor hinter deiner Wolke; Sterne der Nacht erscheint. Ist denn kein Licht, das mich führte zum Platz, wo mein Liebster ausruht von der Mühe der Jagd! Sein Bogen neben ihm ohngespannt. Seine Hunde schnobend um ihn her. Aber hier muß ich allein sitzen, an dem Felsen des moosigen Stroms. Und der Strom

und der Wind saust, und ich kann nicht hören die Stimme meines Geliebten.

Und wie, mein Salgar, wie, der Sohn des Hügels, hält sein Versprechen nicht? Hier ist der Felsen und der Baum, und hier der wilde Strom. Du versprachst, mit der Nacht hier zu sein. Ach! wohin ist mein Salgar gangen. Mit dir wollt' ich meinem Vater entfliehn; mit dir meinem stolzen Bruder. Unsre Stämme sind lange schon Feind, aber wir sind nicht Feinde, o Salgar.

Ruh eine Weile, o Wind! Strom sei eine Weile still! daß meine Stimm' über die Heide schalle, und mich mein Wandrer höre. Salgar! Ich bin's, das ruft. Hier ist der Baum und der Fels. Salgar mein Liebster! ich bin hier. Warum zögerst du zu kommen?

Sieh! der Mond erscheint. Die Flut glänzt in dem Tal. Die Felsen sind grau an dem Hange des Hügels. Aber ich seh ihn nicht auf dem Pfad. Keine Hunde vor ihm her verkünden, daß er kommt. Hier muß ich sitzen allein.

Aber wer sind die, die vor mir auf der Heide liegen? Ist's nicht mein Liebster und mein Bruder? Redet, o meine Freunde! Sie antworten nicht. Ach, ich fürchte. Ah! Sie sind tot. Ihre Schwerter sind rot vom Gefecht. O mein Bruder! mein Bruder! warum hast du meinen Salgar erschlagen? warum, o Salgar, hast du meinen Bruder erschlagen? Lieb wart ihr mir beide! Was soll ich zu euerm Ruhm sagen? Du warst schön auf dem Hügel unter Tausenden; er war schröcklich in dem Gefecht. Redet; hört meine Stimme, Söhne meiner Liebe. Aber ach! sie sind stumm; stumm für ewig, ihr Busen ist kalt wie das Grab.

Oh! von dem Felsen des Hügels; von dem Gipfel des windigen Berges, redet ihr Geister der Toten! Redet, ich will nicht erschröcken. – Wohin seid ihr zu ruhen gegangen? In welcher Höhle des Hügels kann ich euch finden? Keine schwache Stimme vernehm' ich im Wind, keine halbverwehte Antwort in den Stürmen des Hügels.

Ich sitze in meinem Jammer. Ich erwarte den Morgen in

meinen Tränen. Erhebt das Grab, ihr Freunde der Toten; aber schließt es nicht, bis Colma kommt. Mein Leben fliegt weg wie ein Traum: wie könnt' ich zurück bleiben? Hier will ich mit meinen Freunden ruhn, an dem Strom des schallenden Fels. Wenn die Nacht über den Hügel kommt; wenn der Wind über die Heide bläst; dann soll mein Geist im Winde stehn, und meiner Freunde Tod betraur'n. Der Jäger höret mich unter seinem Reiserdach, und fürchtet meine Stimm und liebet sie. Denn süß soll meine Stimme sein um meine Freunde, denn lieb waren sie beide mir.
So war dein Gesang, Minona sanfterrötendes Mädgen von Torman. Unsere Tränen flossen um Colma, und unsre Seelen waren trüb. [. . .]

Johann Gottfried Herder: Edward

[Herder zitiert die Ballade als Beispiel in seiner Schrift ›Auszug aus einem Briefwechsel über Ossian und die Lieder alter Völker‹, 1773.]

Ein andres lappländisches Liebeslied an sein Renntier wollte ich Ihnen auch mitteilen; aber es ist verworfen, und wer mag Zettel suchen? Dafür stehe hier ein altes, recht schauderhaftes schottisches Lied, für das ich schon mehr stehen kann, weil ich's unmittelbar aus der Ursprache habe. Es ist ein Gespräch zwischen Mutter und Sohn, und soll im Schottischen mit der rührendsten Landmelodie begleitet sein, der der Text so viel Raum gönnet:

Dein Schwert, wie ist's von Blut so rot?
Edward, Edward!
Dein Schwert, wie ist's von Blut so rot
Und gehst so traurig da! – O!
Ich hab' geschlagen meinen Geier tot
Mutter, Mutter!
Ich hab' geschlagen meinen Geier tot,
Und das, das geht mir nah! – O!

Dein's Geiers Blut ist nicht so rot!
Edward, Edward!
Dein's Geiers Blut ist nicht so rot,
Mein Sohn, bekenn' mir frei! – O!
Ich hab' geschlagen mein Rotroß tot!
Mutter, Mutter!
Ich hab' geschlagen mein Rotroß tot!
Und's war so stolz und treu! O!

Dein Roß war alt und hast's nicht not,
Edward, Edward!
Dein Roß war alt, und hast's nicht not,
Dich drückt ein ander Schmerz! O!
Ich hab' geschlagen meinen Vater tot,
Mutter, Mutter!
Ich hab' geschlagen meinen Vater tot,
Und das, das quält mein Herz! O!

Und was wirst du nun an dir tun?
Edward, Edward!
Und was wirst du nun an dir tun?
Mein Sohn, bekenn' mir mehr! O!
Auf Erden soll mein Fuß nicht ruhn!
Mutter, Mutter!
Auf Erden soll mein Fuß nicht ruhn!
Will wandern über Meer! O!

Und was soll werden dein Hof und Hall',
Edward, Edward!
Und was soll werden dein Hof und Hall'
So herrlich sonst und schön? O!
Ach! immer steh's und sink' und fall',
Mutter, Mutter!
Ach! immer steh's und sink' und fall',
Ich werd' es nimmer sehn! O.

Und was soll werden dein Weib und Kind,
Edward, Edward?
Und was soll werden dein Weib und Kind,

Wann du gehst über Meer? – O!
Die Welt ist groß! laß sie betteln drin,
Mutter, Mutter!
Die Welt ist groß, laß sie betteln drin,
Ich seh' sie nimmermehr! – O!

Und was soll deine Mutter tun?
Edward, Edward!
Und was soll deine Mutter tun?
Mein Sohn, das sage mir! O!
Der Fluch der Hölle soll auf Euch ruhn,
Mutter, Mutter!
Der Fluch der Hölle soll auf Euch ruhn,
Denn Ihr, Ihr rietet's mir! O.

Johann Wolfgang Goethe: Das Lied vom Herrn von Falckenstein

[Von Goethe 1771 zusammen mit andern Volksliedern im Elsaß aufgezeichnet; vgl. den Brief Goethes an Herder in den Materialien.]

Es reit der Herr von Falckenstein,
Wohl über ein' breite Heide.
Was sieht er an dem Wege stehn?
Ein Maidel mit weißem Kleide.

Wohin wonaus du schöne Magd?
Was machen ihr hier alleine,
Wollen ihr die Nacht mein Schlafbuhle sein,
So reiten ihr mit mir heime.

Mit euch heimreiten das tu ich nicht,
Kann euch doch nicht erkennen.
Ich bin der Herr von Falckenstein,
Und tu mich selber nennen.

Seid ihr der Herr von Falckenstein,
Derselbe edle Herre,
So will ich euch beten um ’en Gefangnen mein,
Den will ich haben zur Ehe.

Den Gefangnen mein den geb ich dir nicht,
Im Turm muß er verfaulen;
Zu Falckenstein steht ein tiefer Turm,
Wohl zwischen zwo hohen Mauern.

Steht zu Falckenstein ein tiefer Turm,
Wohl zwischen zwei hohen Mauern;
So will ich an die Mauern stehn,
Und will ihm helfen trauern.

Sie ging den Turm wohl um und wieder um,
Feinslieb bist du darinnen?
Und wenn ich dich nicht sehen kann,
So komm ich von meinen Sinnen.

Sie ging den Turm wohl um und wieder um,
Den Turm wollt sie aufschließen.
Und wenn die Nacht ein Jahr lang wär,
Keine Stund tät mich verdrießen.

Ei, dürft ich scharfe Messer tragen,
Wie unsers Herrn sein Knechten
So tät ich mi’m Herrn von Falckenstein
Um meinen Herzliebsten fechten.

Mit einer Jungfrau fecht ich nicht,
Das wär mir immer ein Schande,
Ich will dir deinen Gefangenen geben.
Zieh mit ihm aus dem Lande.

Wohl aus dem Land da zieh ich nicht,
Hab niemand was gestohlen,
Und wenn ich was hab liegen lahn
So darf ich’s wieder holen.

Johann Wolfgang Goethe: Heidenröslein

Sah ein Knab' ein Röslein stehn,
Röslein auf der Heiden,
War so jung und morgenschön,
Lief er schnell, es nah zu sehn,
Sah's mit vielen Freuden.
Röslein, Röslein, Röslein rot,
Röslein auf der Heiden.

Knabe sprach: Ich breche dich,
Röslein auf der Heiden!
Röslein sprach: Ich steche dich,
Daß du ewig denkst an mich,
Und ich will's nicht leiden.
Röslein, Röslein, Röslein rot,
Röslein auf der Heiden.

Und der wilde Knabe brach
's Röslein auf der Heiden;
Röslein wehrte sich und stach,
Half ihm doch kein Weh und Ach,
Mußt' es eben leiden.
Röslein, Röslein, Röslein rot,
Röslein auf der Heiden. *(e. 1771, v. 1789)*

Johann Wolfgang Goethe: Ein Veilchen auf der Wiese stand

Ein Veilchen auf der Wiese stand,
Gebückt in sich und unbekannt,
Es war ein herzig's Veilchen.
Da kam eine junge Schäferin
Mit leichtem Schritt und munterm Sinn
Daher, daher,
Die Wiese her, und sang.

Ach! denkt das Veilchen, wär' ich nur
Die schönste Blume der Natur,
Ach, nur ein kleines Weilchen,
Bis mich das Liebchen abgepflückt
Und an dem Busen matt gedrückt!
Ach nur, ach nur
Ein Viertelstündchen lang!

Ach, aber ach! Das Mädchen kam
Und nicht in acht das Veilchen nahm,
Ertrat's, das arme Veilchen.
Und sank und starb und freut sich noch:
Und sterb' ich denn, so sterb' ich doch
Durch sie, durch sie,
Zu ihren Füßen doch! *(e. 1773/74)*

Gottfried August Bürger: Lenore

Lenore fuhr ums Morgenrot
Empor aus schweren Träumen:
»Bist untreu, Wilhelm, oder tot?
Wie lange willst du säumen?«
Er war mit König Friedrichs Macht
Gezogen in die Prager Schlacht
Und hatte nicht geschrieben,
Ob er gesund geblieben.

Der König und die Kaiserin,
Des langen Haders müde,
Erweichten ihren harten Sinn
Und machten endlich Friede;
Und jedes Heer, mit Sing und Sang,
Mit Paukenschlag und Kling und Klang,
Geschmückt mit grünen Reisern,
Zog heim zu seinen Häusern.

Und überall all überall,
Auf Wegen und auf Stegen,
Zog alt und jung dem Jubelschall
Der Kommenden entgegen.
Gottlob! rief Kind und Gattin laut,
Willkommen! manche frohe Braut.
Ach! aber für Lenoren
War Gruß und Kuß verloren.

Sie frug den Zug wohl auf und ab
Und frug nach allen Namen;
Doch keiner war, der Kundschaft gab,
Von allen, so da kamen.
Als nun das Heer vorüber war,
Zerraufte sie ihr Rabenhaar
Und warf sich hin zur Erde,
Mit wütiger Gebärde.

Die Mutter lief wohl hin zu ihr: –
»Ach, daß sich Gott erbarme!
Du trautes Kind, was ist mit dir?« –
Und schloß sie in die Arme. –
»O Mutter, Mutter! hin ist hin!
Nun fahre Welt und alles hin!
Bei Gott ist kein Erbarmen.
O weh, o weh mir Armen!« –

»Hilf Gott, hilf! Sieh uns gnädig an!
Kind, bet ein Vaterunser!
Was Gott tut, das ist wohlgetan.
Gott, Gott erbarmt sich unser!« –
»O Mutter, Mutter! Eitler Wahn!
Gott hat an mir nicht wohlgetan!
Was half, was half mein Beten?
Nun ist's nicht mehr vonnöten.« –

»Hilf Gott, hilf! wer den Vater kennt,
Der weiß, er hilft den Kindern.
Das hochgelobte Sakrament
Wird deinen Jammer lindern.« –
»O Mutter, Mutter! was mich brennt,
Das lindert mir kein Sakrament!
Kein Sakrament mag Leben
Den Toten wiedergeben.« –

»Hör, Kind! wie, wenn der falsche Mann,
Im fernen Ungerlande,
Sich seines Glaubens abgetan,
Zum neuen Ehebande?
Laß fahren, Kind, sein Herz dahin!
Er hat es nimmermehr Gewinn!
Wann Seel' und Leib sich trennen,
Wird ihn sein Meineid brennen.« –

»O Mutter, Mutter! Hin ist hin!
Verloren ist verloren!
Der Tod, der Tod ist mein Gewinn!
O wär' ich nie geboren!
Lisch aus, mein Licht, auf ewig aus!
Stirb hin, stirb hin in Nacht und Graus!
Bei Gott ist kein Erbarmen.
O weh, o weh mir Armen!« –

»Hilf Gott, hilf! Geh nicht ins Gericht
Mit deinem armen Kinde!
Sie weiß nicht, was die Zunge spricht.
Behalt ihr nicht die Sünde!
Ach, Kind, vergiß dein irdisch Leid,
Und denk an Gott und Seligkeit!
So wird doch deiner Seelen
Der Bräutigam nicht fehlen.« –

»O Mutter! Was ist Seligkeit?
O Mutter! Was ist Hölle?
Bei ihm, bei ihm ist Seligkeit,
Und ohne Wilhelm Hölle! –

Lisch aus, mein Licht, auf ewig aus!
Stirb hin, stirb hin in Nacht und Graus!
Ohn' ihn mag ich auf Erden,
Mag dort nicht selig werden.« – – –

So wütete Verzweifelung
Ihr in Gehirn und Adern,
Sie fuhr mit Gottes Vorsehung
Vermessen fort zu hadern;
Zerschlug den Busen und zerrang
Die Hand, bis Sonnenuntergang,
Bis auf am Himmelsbogen
Die goldnen Sterne zogen.

Und außen, horch! ging's trapp trapp trapp,
Als wie von Rosseshufen;
Und klirrend stieg ein Reiter ab
An des Geländers Stufen;
Und horch! und horch! den Pfortenring
Ganz lose, leise, klinglingling!
Dann kamen durch die Pforte
Vernehmlich diese Worte:

»Holla, Holla! Tu auf, mein Kind!
Schläfst, Liebchen, oder wachst du?
Wie bist noch gegen mich gesinnt?
Und weinest oder lachst du?« –
»Ach, Wilhelm, du? – So spät bei Nacht? –
Geweinet hab' ich und gewacht;
Ach, großes Leid erlitten!
Wo kommst du hergeritten?« –

»Wir satteln nur um Mitternacht.
Weit ritt ich her von Böhmen.
Ich habe spät mich aufgemacht,
Und will dich mit mir nehmen.« –
»Ach, Wilhelm, erst herein geschwind!
Den Hagedorn durchsaust der Wind,
Herein, in meinen Armen,
Herzliebster, zu erwarmen!« –

»Laß sausen durch den Hagedorn,
Laß sausen, Kind, laß sausen!
Der Rappe scharrt; es klirrt der Sporn.
Ich darf allhier nicht hausen.
Komm, schürze, spring und schwinge dich
Auf meinen Rappen hinter mich!
Muß heut noch hundert Meilen
Mit dir ins Brautbett eilen.« –

»Ach! wolltest hundert Meilen noch
Mich heut ins Brautbett tragen?
Und horch! es brummt die Glocke noch,
Die elf schon angeschlagen.« –
»Sieh hin, sieh her! der Mond scheint hell.
Wir und die Toten reiten schnell.
Ich bringe dich, zur Wette,
Noch heut ins Hochzeitsbette.« –

»Sag an, wo ist dein Kämmerlein?
Wo? Wie dein Hochzeitbettchen?« –
»Weit, weit von hier! – Still, kühl und klein! –
Sechs Bretter und zwei Brettchen!« –
»Hat's Raum für mich?« – »Für dich und mich!
Komm, schürze, spring und schwinge dich!
Die Hochzeitsgäste hoffen;
Die Kammer steht uns offen.« –

Schön Liebchen schürzte, sprang und schwang
Sich auf das Roß behende;
Wohl um den trauten Reiter schlang
Sie ihre Lilienhände;
Und hurre hurre, hop hop hop!
Ging's fort in sausendem Galopp,
Daß Roß und Reiter schnoben
Und Kies und Funken stoben.

Zur rechten und zur linken Hand,
Vorbei vor ihren Blicken,
Wie flogen Anger, Heid' und Land!
Wie donnerten die Brücken! –

»Graut Liebchen auch? – Der Mond scheint hell!
Hurra! die Toten reiten schnell!
Graut Liebchen auch vor Toten?« –
»Ach nein! – Doch laß die Toten!« –

Was klang dort für Gesang und Klang?
Was flatterten die Raben? –
Horch, Glockenklang! horch, Totensang:
»Laßt uns den Leib begraben!«
Und näher zog ein Leichenzug,
Der Sarg und Totenbahre trug.
Das Lied war zu vergleichen
Dem Unkenruf in Teichen.

»Nach Mitternacht begrabt den Leib,
Mit Klang und Sang und Klage!
Jetzt führ' ich heim mein junges Weib.
Mit, mit zum Brautgelage!
Komm, Küster, hier! Komm mit dem Chor,
Und gurgle mir das Brautlied vor!
Komm, Pfaff', und sprich den Segen,
Eh' wir zu Bett uns legen!« –

Still Klang und Sang. – Die Bahre schwand. –
Gehorsam seinem Rufen
Kam's, hurre hurre! nachgerannt,
Hart hinter's Rappen Hufen.
Und immer weiter, hop hop hop!
Ging's fort in sausendem Galopp,
Daß Roß und Reiter schnoben
Und Kies und Funken stoben.

Wie flogen rechts, wie flogen links
Gebirge, Bäum' und Hecken!
Wie flogen links und rechts und links
Die Dörfer, Städt' und Flecken! –
»Graut Liebchen auch? – Der Mond scheint hell!
Hurra! die Toten reiten schnell!
Graut Liebchen auch vor Toten?« –
»Ach! Laß sie ruhn, die Toten!« –

Sieh da! sieh da! am Hochgericht
Tanzt um des Rades Spindel,
Halb sichtbarlich, bei Mondenlicht,
Ein luftiges Gesindel. –
»Sasa! Gesindel, hier! Komm hier!
Gesindel, komm und folge mir!
Tanz uns den Hochzeitreigen,
Wann wir zu Bette steigen!« –

Und das Gesindel, husch husch husch!
Kam hinten nachgeprasselt,
Wie Wirbelwind am Haselbusch
Durch dürre Blätter rasselt.
Und weiter, weiter, hop hop hop!
Ging's fort in sausendem Galopp,
Daß Roß und Reiter schnoben
Und Kies und Funken stoben.

Wie flog, was rund der Mond beschien,
Wie flog es in die Ferne!
Wie flogen oben überhin
Der Himmel und die Sterne! –
»Graut Liebchen auch? – Der Mond scheint hell!
Hurra! die Toten reiten schnell!
Graut Liebchen auch vor Toten?« –
»O weh! Laß ruhn die Toten!« – – –

»Rapp'! Rapp'! Mich dünkt, der Hahn schon ruft. –
Bald wird der Sand verrinnen –
Rapp'! Rapp'! Ich wittre Morgenluft –
Rapp'! Tummle dich von hinnen! –
Vollbracht, vollbracht ist unser Lauf!
Das Hochzeitsbette tut sich auf!
Die Toten reiten schnelle!
Wir sind, wir sind zur Stelle.« – – –

Rasch auf ein eisern Gittertor
Ging's mit verhängtem Zügel.
Mit schwanker Gert' ein Schlag davor
Zersprengte Schloß und Riegel.
Die Flügel flogen klirrend auf,
Und über Gräber ging der Lauf.
Es blinkten Leichensteine
Rundum im Mondenscheine.

Ha sieh! Ha sieh! im Augenblick,
Huhu! ein gräßlich Wunder!
Des Reiters Koller, Stück für Stück,
Fiel ab, wie mürber Zunder.
Zum Schädel, ohne Zopf und Schopf,
Zum nackten Schädel ward sein Kopf;
Sein Körper zum Gerippe,
Mit Stundenglas und Hippe.

Hoch bäumte sich, wild schnob der Rapp',
Und sprühte Feuerfunken;
Und hui! war's unter ihr hinab
Verschwunden und versunken.
Geheul! Geheul aus hoher Luft,
Gewinsel kam aus tiefer Gruft.
Lenorens Herz, mit Beben,
Rang zwischen Tod und Leben.

Nun tanzten wohl bei Mondenglanz,
Rundum herum im Kreise,
Die Geister einen Kettentanz
Und heulten diese Weise:
»Geduld! Geduld! Wenn's Herz auch bricht!
Mit Gott im Himmel hadre nicht!
Des Leibes bist du ledig;
Gott sei der Seele gnädig!« *(e. 1773)*

2. Hymnische Dichtung in freien Rhythmen

Friedrich Gottlieb Klopstock: Dem Allgegenwärtigen

Da du mit dem Tode gerungen, mit dem Tode,
Heftiger du gebetet hattest,
Da dein Schweiß und dein Blut
Auf die Erde geronnen war;

In dieser ernsten Stunde
Tatest du jene große Wahrheit kund,
Die Wahrheit sein wird
Solang die Hülle der ewigen Seele Staub ist.

Du standest und sprachst
Zu den Schlafenden:
Willig ist eure Seele,
Aber das Fleisch ist schwach!

Dieser Endlichkeit Los, die Schwere der Erde
Fühlet auch meine Seele,
Wenn sie zu Gott, zu dem Unendlichen
Sich erheben will.

Anbetend, Vater, sink' ich in den Staub und fleh',
Vernimm mein Flehn, die Stimme des Endlichen,
Gib meiner Seel' ihr wahres Leben,
Daß sie zu dir sich, zu dir erhebe!

Allgegenwärtig, Vater,
Schließest du mich ein!
Steh hier, Betrachtung, still, und forsche
Diesem Gedanken der Wonne nach.

Was wird das Anschaun sein, wenn der Gedank' an dich,
Allgegenwärtiger! schon Kräfte jener Welt hat!
Was wird es sein dein Anschaun,
Unendlicher! o du Unendlicher!

Das sah kein Auge, das hörte kein Ohr,
Das kam in keines Herz, wie sehr es auch rang,
Wie es auch nach Gott, nach Gott,
Nach dem Unendlichen dürstete;

Kam es doch in keines Menschen Herz,
Nicht in das Herz des, welcher Sünder
Und Erd' und bald ein Toter ist,
Was denen Gott, die ihn lieben, bereitet hat.

Wenige nur, ach wenige sind,
Deren Aug' in der Schöpfung
Den Schöpfer sieht! wenige, deren Ohr
Ihn in dem mächtigen Rauschen des Sturmwinds hört,

Im Donner, der rollt, oder im lispelnden Bache,
Unerschaffner! dich vernimmt,
Weniger Herzen erfüllt, mit Ehrfurcht und Schauer,
Gottes Allgegenwart!

Laß mich im Heiligtume
Dich, Allgegenwärtiger,
Stets suchen, und finden! und ist
Er mir entflohn, dieser Gedanke der Ewigkeit;

Laß mich ihn tiefanbetend
Von den Chören der Seraphim,
Ihn, mit lauten Tränen der Freude,
Herunter rufen!

Damit ich, dich zu schaun,
Mich bereite, mich weihe,
Dich zu schaun
In dem Allerheiligsten!

Ich hebe mein Aug' auf und seh',
Und siehe, der Herr ist überall!
Erd', aus deren Staube
Der erste der Menschen geschaffen ward;

Auf der ich mein erstes Leben lebe,
In der ich verwesen werde,
Und auferstehen aus der!
Gott würdigt auch dich, dir gegenwärtig zu sein.

Mit heiligem Schauer,
Brech' ich die Blum' ab;
Gott machte sie,
Gott ist, wo die Blum' ist.

Mit heiligem Schauer, fühl' ich der Lüfte Wehn,
Hör' ich ihr Rauschen! es hieß sie wehn und rauschen
Der Ewige! Der Ewige
Ist, wo sie säuseln, und wo der Donnersturm die Ceder stürzt.

Freue dich deines Todes, o Leib!
Wo du verwesen wirst,
Wird Er sein,
Der Ewige!

Freue dich deines Todes, o Leib! in den Tiefen der Schöpfung,
In den Höhn der Schöpfung, wird deine Trümmer verwehn!
Auch dort, verwester, verstäubter, wird Er sein,
Der Ewige!

Die Höhen werden sich bücken!
Die Tiefen sich bücken,
Wenn der Allgegenwärtige nun
Wieder aus Staub Unsterbliche schafft.

Werfet die Palmen, Vollendete! nieder, und die Kronen!
Halleluja dem Schaffenden,
Dem Tötenden Halleluja!
Halleluja dem Schaffenden!

Ich hebe mein Aug' auf und seh',
Und siehe, der Herr ist überall!
Sonnen, euch, und o Erden, euch Monde der Erden,
Erfüllet, rings um mich, des Unendlichen Gegenwart!

Nacht der Welten, wie wir in dem dunkeln Worte schaun
Den, der ewig ist!
So schaun wir in dir, geheimnisvolle Nacht,
Den, der ewig ist!

Hier steh' ich Erde! was ist mein Leib,
Gegen diese selbst den Engeln unzählbare Welten,
Was sind diese selbst den Engeln unzählbare Welten,
Gegen meine Seele!

Ihr, der unsterblichen, ihr, der erlösten
Bist du näher, als den Welten!
Denn sie denken, sie fühlen
Deine Gegenwart nicht.

Mit stillem Ernste dank' ich dir,
Wenn ich sie denke!
Mit Freudentränen, mit namloser Wonne,
Dank' ich, o Vater! dir, wenn ich sie fühle!

Augenblicke deiner Erbarmungen,
O Vater, sind's, wenn du das himmelvolle Gefühl
Deiner Allgegenwart
Mir in die Seele strömst.

Ein solcher Augenblick,
Allgegenwärtiger,
Ist ein Jahrhundert
Voll Seligkeit!

Meine Seele dürstet!
Wie nach der Auferstehung verdorrtes Gebein,
So dürstet meine Seele
Nach diesen Augenblicken deiner Erbarmungen!

Ich liege vor dir auf meinem Angesicht;
O läg' ich, Vater, noch tiefer vor dir,
Gebückt in dem Staube
Der untersten der Welten!

Du denkst, du empfindest,
O du, die sein wird,
Die höher denken,
Die seliger wird empfinden!

O die du anschaun wirst!
Durch wen, o meine Seele?
Durch den, unsterbliche,
Der war! und der ist! und der sein wird!

Du, den Worte nicht nennen,
Deine noch ungeschaute Gegenwart
Erleucht', und erhebe jeden meiner Gedanken!
Leit ihn, Unerschaffner, zu dir!

Deiner Gottheit Gegenwart
Entflamm', und beflügle
Jede meiner Empfindungen!
Leite sie, Unerschaffner, zu dir!

Wer bin ich, o Erster!
Und wer bist du!
Stärke, kräftige, gründe mich,
Daß ich auf ewig dein sei!

Ohn' ihn, der mich gelehrt, sich geopfert hat
Für mich, könnt' ich nicht dein sein!
Ohn' ihn wär' der Gedanke deiner Gegenwart
Grauen mir vor dem allmächtigen Unbekannten!

Erd' und Himmel vergehn;
Deine Verheißungen, Göttlicher, nicht!
Von dem ersten Gefallenen an
Bis zu dem letzten Erlösten,

Den die Posaune der Auferstehung
Wandeln wird,
Bist bei den Deinen du gewesen!
Wirst du bei den Deinen sein!

In die Wunden deiner Hände legt' ich meine Finger nicht;
In die Wunde deiner Seite
Legt' ich meine Hand nicht;
Aber du bist mein Herr und mein Gott! *(e. 1758)*

Johann Wolfgang Goethe: Wandrers Sturmlied

Wen du nicht verlässest, Genius,
Nicht der Regen, nicht der Sturm
Haucht ihm Schauer übers Herz.
Wen du nicht verlässest, Genius,
Wird der Regenwolke
Wird dem Schloßensturm
Entgegen singen
Wie die Lerche
Du dadroben.

Den du nicht verlässest, Genius,
Wirst ihn heben übern Schlammpfad
Mit den Feuerflügeln.
Wandeln wird er
Wie mit Blumenfüßen
Über Deukalions[48] Flutschlamm
Python tötend, leicht, groß
Pythius Apollo[49].

---

(48) * Deukalion und Pyrrha entkamen als einzige Menschen der Sintflut.
(49) * Apollon tötete die Pythonschlange bei Delphi, daher sein Beiname; Phöbus heißt er als Lichtgott.

Den du nicht verlässest, Genius,
Wirst die wollnen Flügel unterspreiten,
Wenn er auf dem Felsen schläft,
Wirst mit Hüterfittichen ihn decken
In des Haines Mitternacht.

Wen du nicht verlässest, Genius,
Wirst im Schneegestöber
Wärmumhüllen.
Nach der Wärme ziehn sich Musen,
Nach der Wärme Charitinnen[50].

Umschwebt mich, ihr Musen,
Ihr Charitinnen!
Das ist Wasser, das ist Erde
Und der Sohn des Wassers und der Erde,
Über den ich wandle
Göttergleich.

Ihr seid rein wie das Herz der Wasser,
Ihr seid rein wie das Mark der Erde,
Ihr umschwebt mich, und ich schwebe
Über Wasser über Erde
Göttergleich.

Soll der zurückkehren,
Der kleine schwarze feurige Bauer!
Soll der zurückkehren, erwartend
Nur deine Gaben, Vater Bromius[51],
Und helleuchtend umwärmend Feuer,
Der kehren mutig,
Und ich, den ihr begleitet,
Musen und Charitinnen all,
Den alles erwartet, was ihr,
Musen und Charitinnen,

---

(50) * Göttinnen der Anmut und der Freude, im Gefolge Aphrodites, Apollons und der Musen
(51) * Beiname des Gottes Dionysos (Bacchus)

Umkränzende Seligkeit
Rings ums Leben verherrlicht habt,
Soll mutlos kehren?

Vater Bromius,
Du bist Genius,
Jahrhunderts Genius,
Bist, was innre Glut
Pindarn[52] war,
Was der Welt
Phöb Apoll ist.

Weh! Weh! Innre Wärme,
Seelenwärme,
Mittelpunkt,
Glüh' entgegen
Phöb Apollen,
Kalt wird sonst
Sein Fürstenblick
Über dich vorübergleiten,
Neidgetroffen
Auf der Zeder Kraft verweilen,
Die zu grünen
Sein nicht harrt.

Warum nennt mein Lied dich zuletzt,
Dich, von dem es begann,
Dich, in dem es endet,
Dich, aus dem es quillt,
Jupiter Pluvius[53]!
Dich, dich strömt mein Lied,
Und Castalischer Quell[54]
Rinnt, ein Nebenbach,
Rinnet müßigen
Sterblich Glücklichen

---

(52) * griech. Dichter (ca. 518 – 446 v. Chr.), Vorbild für Klopstocks »freie Rhythmen«
(53) * Jupiter als Gott des Regens
(54) * heilige Quelle, Musenquelle (in Delphi)

Abseits von dir,
Der du mich fassend deckst,
Jupiter Pluvius.

Nicht am Ulmenbaum
Hast du ihn besucht –
Mit dem Taubenpaar
In dem zärtlichen Arm,
Mit der freundlichen Ros' umkränzt,
Tändlenden ihn blumenglücklichen
Anakreon[55],
Sturmatmende Gottheit.

Nicht im Pappelwald
An des Sybaris[56] Strand,
An des Gebürges
Sonnebeglänzter Stirn nicht
Faßtest du ihn,
Den bienensingenden
Honiglallenden
Freundlichwinkenden
Theokrit[57].

Wenn die Räder rasselten
Rad an Rad, rasch ums Ziel weg
Hoch flog
Siegdurchglühter
Jünglinge Peitschenknall,
Und sich Staub wälzt'
Wie vom Gebürg herab
Kieselwetter ins Tal,
Glüht deine Seel' Gefahren, Pindar,
Mut. – Glühte –
Armes Herz –
Dort auf dem Hügel,
Himmlische Macht,
Nur so viel Glut,
Dort meine Hütte,
Dort hin zu waten. *(e. 1772)*

Johann Wolfgang Goethe: Prometheus[58]

Bedecke deinen Himmel, Zeus,
Mit Wolkendunst!
Und übe, Knaben gleich,
Der Disteln köpft,
An Eichen dich und Bergeshöhn!
Mußt mir meine Erde
Doch lassen stehn,
Und meine Hütte,
Die du nicht gebaut,
Und meinen Herd,
Um dessen Glut
Du mich beneidest.

Ich kenne nichts Ärmer's
Unter der Sonn' als euch Götter.
Ihr nähret kümmerlich
Von Opfersteuern
Und Gebetshauch
Eure Majestät
Und darbtet, wären
Nicht Kinder und Bettler
Hoffnungsvolle Toren.

Da ich ein Kind war,
Nicht wußte, wo aus, wo ein,
Kehrte mein verirrtes Aug'
Zur Sonne, als wenn drüber wär'
Ein Ohr, zu hören meine Klage,
Ein Herz wie meins,
Sich des Bedrängten zu erbarmen.

---

(55) * griech. Lyriker (6. Jh. v. Chr.), wurde als Sänger von Liebe und Wein Muster für eine ganze Dichtungsgattung
(56) * Fluß in Unteritalien und gleichnamige Stadt, die in der Antike für ihren Luxus berühmt war
(57) * griech. Dichter (3. Jh. v. Chr.) ländlicher Idyllen, aus Syrakus
(58) * den Menschen freundlich (Feuer!), Zeus feindlich gesinnter Titan der griech. Mythologie

Wer half mir wider
Der Titanen Übermut?
Wer rettete vom Tode mich,
Von Sklaverei?
Hast du's nicht alles selbst vollendet,
Heilig glühend Herz?
Und glühtest, jung und gut,
Betrogen, Rettungsdank
Dem Schlafenden dadroben?

Ich dich ehren? Wofür?
Hast du die Schmerzen gelindert
Je des Beladenen?
Hast du die Tränen gestillet
Je des Geängsteten?

Hat nicht mich zum Manne geschmiedet
Die allmächtige Zeit
Und das ewige Schicksal,
Meine Herrn und deine?

Wähntest du etwa,
Ich sollte das Leben hassen,
In Wüsten fliehn,
Weil nicht alle Knabenmorgen-
Blütenträume reiften?

Hier sitz' ich, forme Menschen
Nach meinem Bilde,
Ein Geschlecht, das mir gleich sei,
Zu leiden, weinen,
Genießen und zu freuen sich,
Und dein nicht zu achten,
Wie ich. *(e. 1774)*

Johann Wolfgang Goethe: Ganymed[59]

Wie im Morgenrot
Du rings mich anglühst,
Frühling, Geliebter!
Mit tausendfacher Liebeswonne
Sich an mein Herz drängt
Deiner ewigen Wärme
Heilig Gefühl,
Unendliche Schöne!

Daß ich dich fassen möcht'
In diesen Arm!
Ach, an deinem Busen
Lieg' ich, schmachte,
Und deine Blumen, dein Gras
Drängen sich an mein Herz.
Du kühlst den brennenden
Durst meines Busens,
Lieblicher Morgenwind,
Ruft drein die Nachtigall
Liebend nach mir aus dem Nebeltal.

Ich komme! Ich komme!
Wohin? Ach, wohin?

Hinauf, hinauf strebt's,
Es schweben die Wolken
Abwärts, die Wolken
Neigen sich der sehnenden Liebe,
Mir, mir!

In eurem Schoße
Aufwärts,
Umfangend umfangen!
Aufwärts
An deinem Busen,
Alliebender Vater! *(e. 1774)*

---

(59) * von Zeus in Gestalt eines Adlers wegen seiner Schönheit entführt und zum Mundschenk gemacht

Johann Wolfgang Goethe: Harzreise im Winter

Dem Geier gleich,
Der auf schweren Morgenwolken
Mit sanftem Fittig ruhend
Nach Beute schaut,
Schwebe mein Lied.

Denn ein Gott hat
Jedem seine Bahn
Vorgezeichnet,
Die der Glückliche
Rasch zum freudigen
Ziele rennt;
Wem aber Unglück
Das Herz zusammenzog,
Er sträubt vergebens
Sich gegen die Schranken
Des ehernen Fadens,
Den die doch bittre Schere
Nur einmal löst.

In Dickichtsschauer
Drängt sich das rauhe Wild,
Und mit den Sperlingen
Haben längst die Reichen
In ihre Sümpfe sich gesenkt.

Leicht ist's, folgen dem Wagen,
Den Fortuna führt,
Wie der gemächliche Troß
Auf gebesserten Wegen
Hinter des Fürsten Einzug.

Aber abseits, wer ist's?
Ins Gebüsch verliert sich sein Pfad,
Hinter ihm schlagen
Die Sträuche zusammen,

Das Gras steht wieder auf,
Die Öde verschlingt ihn.

Ach, wer heilet die Schmerzen
Des, dem Balsam zu Gift ward?
Der sich Menschenhaß
Aus der Fülle der Liebe trank.
Erst verachtet, nun ein Verächter,
Zehrt er heimlich auf
Seinen eignen Wert
In ungenügender Selbstsucht.

Ist auf deinem Psalter,
Vater der Liebe, ein Ton
Seinem Ohre vernehmlich,
So erquicke sein Herz!
Öffne den umwölkten Blick
Über die tausend Quellen
Neben dem Durstenden
In der Wüste!

Der du der Freuden viel schaffst,
Jedem ein überfließend Maß,
Segne die Brüder der Jagd!
Auf der Fährte des Wilds
Mit jugendlichem Übermut
Fröhlicher Mordsucht,
Späte Rächer des Unbills,
Dem schon Jahre vergeblich
Wehrt mit Knütteln der Bauer.

Aber den Einsamen hüll'
In deine Goldwolken!
Umgib mit Wintergrün,
Bis die Rose wieder heranreift,
Die feuchten Haare,
O Liebe, deines Dichters!

Mit der dämmernden Fackel
Leuchtest du ihm
Durch die Furten bei Nacht,
Über grundlose Wege
Auf öden Gefilden,
Mit dem tausendfarbigen Morgen
Lachst du ins Herz ihm;
Mit dem beizenden Sturm
Trägst du ihn hoch empor.
Winterströme stürzen vom Felsen
In seine Psalmen,
Und Altar des lieblichsten Danks
Wird ihm des gefürchteten Gipfels
Schneebehangner Scheitel,
Den mit Geisterreihen
Kränzten ahnende Völker.

Du stehst mit unerforschtem Busen
Geheimnisvoll-offenbar
Über der erstaunten Welt
Und schaust aus Wolken
Auf ihre Reiche und Herrlichkeit,
Die du aus den Adern deiner Brüder
Neben dir wässerst. *(v. 1789, e. 1777)*

Quellenverzeichnis zum Gedichtteil

Gottfried August Bürger (1747–1794)
Bürger, Gottfried August: Gedichte, hrsg. v. A. Sauer. W. Spemann, Berlin, Stuttgart 1883 (Deutsche National-Litteratur, 78. Bd.).

Johann Wolfgang Goethe (1749–1832)
Goethes Werke, Band 1, hrsg. v. Erich Trunz. Christian Wegner, Hamburg 1960 (5. Aufl. u. ö.). Daraus alle Gedichte außer folgenden:
Fischer-Lamberg, Hanna: Der junge Goethe. Neu bearbeitete Ausgabe in fünf Bänden. Band II: April 1770–September 1772. De Gruyter, Berlin 1963. Daraus ›Die Gesänge von Selma‹ und ›Das Lied vom Herrn von Falckenstein‹.
Goethes Werke in zwei Bänden. Erster Band. Droemersche Verlagsanstalt, München 1953. Daraus die spätere Fassung von ›An Schwager Kronos‹.

Johann Gottfried Herder (1744–1803)
Loewenthal, Erich (Hrsg.): Sturm und Drang. Kritische Schriften. Lambert Schneider, Heidelberg [3]1972.

Ludwig Christoph Heinrich Hölty (1748–1776)
Elschenbroich, Adalbert (Hrsg.): Deutsche Dichtung im 18. Jahrhundert. Hanser, München 1960.

Friedrich Gottlieb Klopstock (1724–1803)
Elschenbroich, Adalbert (Hrsg.): Deutsche Dichtung im 18. Jahrhundert. Hanser, München 1960. Daraus ›Der Zürchersee‹.
Stenzel, Jürgen (Hrsg.): Gedichte 1700–1770. Deutscher Taschenbuch Verlag, München [2]1977 (Epochen der deutschen Lyrik, hrsg. v. W. Killy, Bd. 5). Daraus ›Ode über die ernsthaften Vergnügungen des Landlebens‹, später ›Die Frühlingsfeier‹.
Schneider, Karl Ludwig (Hrsg.): Friedrich Gottlieb Klopstock, Oden. Reclam, Stuttgart 1976. Daraus ›Dem Allgegenwärtigen‹.

Georg Luis (1714–1792)
Stenzel, Jürgen (Hrsg.), s. Klopstock.

Friedrich Schiller (1759–1805)
Schillers Werke, Nationalausgabe. Erster Band: Gedichte in der Reihenfolge ihres Erscheinens 1776–1799. Hrsg. v. Julius Petersen und Friedrich Beißner. Böhlau, Weimar 1943.

Christian Friedrich Daniel Schubart (1739–1791)
Schubart, Christian Friedrich Daniel: Gedichte. Aus der ›Deutschen Chronik‹. Hrsg. v. Ulrich Karthaus. Reclam, Stuttgart 1978.

Gotthold Friedrich Stäudlin (1758–1796)
Pickerodt, Gerhart (Hrsg.): Gedichte 1770–1800. Deutscher Taschenbuch Verlag, München 1970 (Epochen der deutschen Lyrik, hrsg. v. W. Killy, Bd. 6).

Johann Peter Uz (1720–1796)
Stenzel, Jürgen (Hrsg.), s. Klopstock.

Christian Felix Weiße (1726–1804)
Weiße, Christian Felix: Kleine Lyrische Gedichte. 3. Bd. Weidmanns Erben und Reich, Leipzig 1772. Daraus ›Der Mai‹.
Stenzel, Jürgen (Hrsg.), s. Klopstock. Daraus ›Der Kuß‹.

Unbekannter Dichter
›Das Mordgeschrei‹. Goethes Werke, Band 1, hrsg. v. Erich Trunz. Christian Wegner, Hamburg 1960 (5. Aufl. u. ö.), S. 418.

(Die Rechtschreibung der Gedichttexte wurde, soweit nötig, heutigem Gebrauch angeglichen.)

MATERIALIEN

Inhaltsverzeichnis

Einleitung 104
I. Zum Verhältnis zwischen Kunst und Wirklichkeit 105
1. Johann Wilhelm Ludwig Gleim: [Trennung von Kunst und Leben] 105
2. Paul Böckmann: [Die Bedeutung des Witzes für die europäische Aufklärung] 106
3. Johann Gottfried Herder: [Die Einheit von Dichtung und Wirklichkeit] 107
4. Johann Wolfgang Goethe: [Natur und Kunst] 109

II. Der Epochenwandel in Goethes Sicht 113
1. Johann Wolfgang Goethe: [Dichtung als poetische Behandlung eines gegebenen Themas] 113
2. Johann Wolfgang Goethe: [Dichtung als Naturgabe] 116
3. Johann Wolfgang Goethe: [Dichtung als »Bruchstücke einer großen Konfession«] 117
4. Johann Wolfgang Goethe: [Herders neue Auffassung von Dichtung] 118
5. Johann Wolfgang Goethe: [Die gesellschaftliche Geltung des Dichters] 120

III. Zum Begriff der »Volkspoesie« 122
1. Johann Gottfried Herder: [Alte und zeitgenössische Literatur] 122
2. Johann Wolfgang Goethe: [An Herder] 125
3. Unbekannter Verfasser: Arie 126
4. Gottfried August Bürger: [Literatur als Volkspoesie]. 127
5. Friedrich Schiller: [Kritik an Bürger] 131

IV. »Sturm und Drang« in heutiger Sicht 141
1. Christoph Siegrist: Aufklärung und Sturm und Drang – Gegeneinander oder Nebeneinander? 140
2. Arnold Hauser: [Entstehung und Gefahr des Irrationalismus] 143
3. Autorenkollektiv: Literarische Revolution und Krise des Feudalismus 147
4. Paul Böckmann: [Die Einheit des Stils – Befreiung des Ich-Bewußtseins] 150
5. Werner Krauss: [Sturm und Drang als Vollendung der Aufklärung] 151

Einleitung

Die Materialien beziehen sich auf die Gedichtauswahl. Doch sind die in ihnen erörterten Probleme so grundlegend, daß sie auch unabhängig von den Gedichten einen Einblick in die Epoche »Sturm und Drang« ermöglichen.
Am Anfang stehen Untersuchungen, die die neue Auffassung von Sprache und Literatur erläutern. Goethes rückblickende Beurteilung gewährt einen Einblick in die dichterische Praxis.
Wollte man den gesamten gesellschaftlich-politischen Hintergrund der Epoche veranschaulichen, so würde das den Umfang der Materialien und ihre zunächst gebotene Orientierung auf die Literatur weit überschreiten. Hier steht der Begriff »Volkspoesie« im Mittelpunkt, da sich an ihm einige grundlegende Gedanken der Epoche aufweisen lassen. Schillers Rezension von Bürgers Gedichten zeigt dabei – ebenso wie im Lyrikteil Goethes Umarbeitungen eigener Gedichte – die Aufhebung des »Sturm und Drang« in der Klassik.
Die abschließenden Betrachtungen aus heutiger Sicht sollen die traditionelle Periodisierung fragwürdig machen und die Epoche in den sozialen Rahmen ihrer Zeit sowie in die Gesamtentwicklung der Literatur einordnen.
Anmerkungen in den Texten wurden getilgt und durch Erläuterungen des Herausgebers ersetzt.

I. Zum Verhältnis zwischen Kunst und Wirklichkeit

1. Johann Wilhelm Ludwig Gleim[60]: [Trennung von Kunst und Leben]

(1744/45)

[. . .]

Könt ihr wol den Lästerern glauben, liebenswürdige Mitschwestern, welche sagen, daß dieser Anakreon[61], den wir, wenn wir nicht undankbar seyn wollen, so hoch schätzen müssen, [. . .] dem Wein und der Liebe tadelhaft ergeben gewesen sei? Schliesset niemals aus den Schriften der Dichter auf die Sitten derselben. Ihr werdet euch betriegen; denn sie schreiben nur, ihren Witz zu zeigen, und solten sie auch dadurch ihre Tugend in Verdacht setzen. Sie characterisiren sich nicht, wie sie sind, sondern wie es die Art der Gedichte erfodert, und sie nehmen das Systema am liebsten an, welches am meisten Gelegenheit giebt, witzig zu seyn. Die matematischen Beweise der Wolfianer[62] verschönern kein Gedicht, und die Weltweisheit des Plato[63] schikkt sich nicht zum Inhalt scherzhafter Lieder. Ich empfehle sie den Dichtern, welche die Gottheit loben. [. . .]

J. W. Gleim: Versuch in Scherzhaften Liedern und Lieder. Nach den Erstausgaben von 1744/45 und 1749 mit den Körteschen Fassungen im Anhang kritisch herausgegeben von Alfred Anger. Niemeyer, Tübingen 1964, S. 71. Ausschnitte.

---

(60) * S. Anm. 8
(61) * S. Anm. 55
(62) * Anhänger des deutschen Philosophen der Aufklärung, Christian Wolff (1679 – 1754)
(63) * griech. Philosoph (428/7 – 347 v. Chr.), grundlegend für die abendländische Philosophie

2. Paul Böckmann: [Die Bedeutung des Witzes für die europäische Aufklärung]

(1949)

[. . .] Zugleich ist es besonders aufschlußreich zu sehen, daß diese Orientierung am Witz nicht für Deutschland allein gilt; wie vielmehr dieser Begriff entwickelt wird im Hinblick auf die *europäische Aufklärung* überhaupt. Es scheint so, als habe Wolff seine Definition in Auseinandersetzung mit Locke[63a] gebildet, im Anschluß an Lockes ›Essay concerning human understanding‹. Aber während Locke Witz und Scharfsinn trennt, sucht Wolff den Scharfsinn gerade einzubeziehen. Immerhin werden wir so auf die englische Tradition aufmerksam gemacht, in der das Wort wit im siebzehnten und achtzehnten Jahrhundert eine ähnliche Sonderrolle spielt wie bei uns im achtzehnten und wo es auch ganz auf den ästhetischen Bezirk bezogen ist. [. . .]

Ferner wird in Deutschland nun immer mehr das Wort Witz dazu benutzt, um das französische Esprit zu übersetzen. Wenn Thomasius[64] noch ein Wort dafür fehlte, so setzt jetzt z. B. Bodmer[65] Witz und Esprit gleich. Damit dringt vieles von der französischen Esprit-Vorstellung in den Bereich des Witzes ein. Und das ist nun das Bedeutsame: Witz übersetzt nicht nur englisch wit und französisch esprit, sondern auch das lateinische ingenium, z. B. bei Wolff, und damit auch das französische ingénieux und génie. (So bei Gottsched[66] in der Übersetzung von génie bei Batteux[67].) Es werden schließlich alle Wörter, die die dichterische Produktivität zu fassen suchen, mit Witz übersetzt. Der Witz ist die eigentliche Gabe des Dichters in der Vorstellung des frühen acht-

---

(63a) * John Locke (1632 – 1704), engl. Philosoph

(64) * Jacob Thomasius (1622 – 1684), Philosoph

(65) * Johann Jakob Bodmer (1698 – 1783), Gelehrter und Dichter in Zürich, verteidigt gegen Gottsched das Recht des Wunderbaren in der Dichtung

(66) * Johann Christoph Gottsched (1700 – 1766), Reformer der deutschen Literatur

(67) * Charles Batteux (1713 – 1780), frz. Ästhetiker

zehnten Jahrhunderts; dieser Begriff wird zum eigentlichen Vorläufer der Genievorstellung. Und zugleich macht sich auf diese Weise ein eigener Zusammenhang der europäischen Aufklärung bemerkbar, derart daß die Frage auftaucht, ob wir uns nicht vom Witz aus auch bemühen müßten, die tieferen Absichten des französischen Klassizismus zu erläutern und diesen von seinen eigenen Grundlagen aus zu verstehen. [. . .]

Paul Böckmann: Formgeschichte der deutschen Dichtung. Erster Band: Von der Sinnbildsprache zur Ausdruckssprache. Hoffmann und Campe, Hamburg ³1967, S. 508 f. Ausschnitte.

3. Johann Gottfried Herder: [Die Einheit von Dichtung und Wirklichkeit]

(1766/67)

[. . .] Jetzt bitte ich einige Dichter etwas beiseit', mit denen ich ein Wort zu sprechen habe. Wenn bei sinnlichen Begriffen, bei Erfahrungsideen, bei einfachen Wahrheiten und in der klaren Sprache des natürlichen Lebens der Gedanke am Ausdrucke so sehr klebt: so wird für den, der meistens aus dieser Quelle schöpfen muß, für den, der gleichsam der Oberherr dieser Sphäre gewesen (wenigstens in der alten sinnlichen Zeit der Welt), für ihn muß der Gedanke zum Ausdrucke sich verhalten, nicht wie der Körper zur Haut, die ihn umziehet, sondern wie die Seele zum Körper, den sie bewohnet: und so ist's für den Dichter. Er soll Empfindungen ausdrükken: – Empfindungen durch eine gemalte Sprache in Büchern ist schwer, ja an sich unmöglich. Im Auge, im Antlitz, durch den Ton, durch die Zeichensprache des Körpers – so spricht die Empfindung eigentlich und überläßt den toten Gedanken das Gebiet der toten Sprache. Nun, armer Dichter! und du sollst deine Empfindungen aufs Blatt malen, sie durch einen Kanal schwarzen Safts hinströmen, du sollst schreiben, daß man es fühlt, und sollst dem wahren Ausdrucke der Empfindung entsagen; du sollst nicht dein Papier mit

Tränen benetzen, daß die Tinte zerfließt, du sollst deine ganze lebendige Seele in tote Buchstaben hinmalen und parlieren, statt auszudrücken. – Hier sieht man, daß bei dieser Sprache der Empfindungen, wo ich nicht sagen, sondern sprechen muß, daß man mir glaubt, wo ich nicht schreiben, sondern in die Seele reden muß, daß es der andre fühlt: daß hier der eigentliche Ausdruck unabtrennlich sei. Du mußt den natürlichen Ausdruck der Empfindung künstlich vorstellen, wie du einen Würfel auf der Oberfläche zeichnest; du mußt den ganzen Ton deiner Empfindung in dem Perioden[68], in der Lenkung und Bindung der Wörter ausdrücken: du mußt ein Gemälde hinzeichnen, daß dies selbst zur Einbildung des andern ohne deine Beihülfe spreche, sie erfülle und durch sie sich zum Herzen grabe; du mußt Einfalt und Reichtum, Stärke und Kolorit der Sprache in deiner Gewalt haben, um das durch sie zu bewürken, was du durch die Sprache des Tons und der Gebärden erreichen willst – wie sehr klebt hier alles am Ausdrucke: nicht in einzelnen Worten, sondern in jedem Teile, im Fortgange derselben und im Ganzen. Daher rührt die Macht der Dichtkunst in jenen rohen Zeiten, wo noch die Seele der Dichter, die zu sprechen und nicht zu plappern gewohnt war, nicht schrieb, sondern sprach und auch schreibend lebendige Sprache tönete: in jenen Zeiten, wo die Seele des andern nicht las, sondern hörte, und auch selbst im Lesen zu sehen und zu hören wußte, weil sie jeder Spur des wahren und natürlichen Ausdrucks offen stand: daher rühren jene Wunder, die die Dichtkunst geleistet, über die wir staunen und fast zweifeln, die aber unsre süße Herren verspotten und närrisch finden: daher rührt alles Leben der Dichtkunst, was ausstarb, da der Ausdruck nichts als Kunst wurde, da man ihn von dem, was er ausdrücken sollte, abtrennete: der ganze Verfall der Dichterei, daß man sie der Mutter Natur entführte, in das Land der Kunst brachte und als eine Tochter der Künstelei ansah: der Fluch, der

(68) * die Periode: kunstvolles Satzgefüge, hier mask. gebraucht

auf dem Lesen der Alten ruhet, wenn wir bloß Worte lernen oder den Inhalt historisch durchwandern oder ästhetische Regeln suchen oder Beispiele ausklauben, kurz, wenn wir Gedanken und Worte in ihnen abgetrennt betrachten: nicht das schöpferische Ohr haben, das die Empfindung in seinem Ausdrucke, in vollem Tone höret; nicht jenes dichterische Auge haben, das den Ausdruck als einen Körper erblickt, in welchem sein Geist denket und spricht und handelt. Daher rührt das ästhetische Gewäsche, wo immer Gedanke, vom Ausdrucke abgesondert, behandelt wird; daher rührt jener Unsegen, daß es uns schwer wird, wie die Alten zu denken, weil man das Denken ohne Ausdruck erhaschen wollte, und wie die Alten zu sprechen, weil man wiederum den Ausdruck vom Gedanken abgesondert betrachtete. Je mehr ich der Sache nachdenke, daß man es für nützlich, ja für notwendig habe halten können, in Poesien Gedanke und Ausdruck unverbunden zu behandeln, in Poetiken unverbunden zu lehren und in Alten unverbunden zu zergliedern: desto fremder kömmt mir diese Zerreißung vor. [. . .]

J. G. Herder: Über die neuere deutsche Literatur. Dritte Sammlung. 6. In der Dichtkunst ist Gedanke und Ausdruck wie Seele und Leib, und nie zu trennen. In: Loewenthal, Erich (Hrsg.): Sturm und Drang. Kritische Schriften. Lambert Schneider, Heidelberg ^{3}1972, S. 277–279. Ausschnitt.

4. Johann Wolfgang Goethe: [Natur und Kunst]

(1772)

[. . .] Er[69] will das unbestimmte Principium: *Nachahmung der Natur,* verdrängen, und giebt uns ein gleich unbedeutendes dafür: Die *Verschönerung der Dinge.* Er will, nach hergebrachter Weise, von Natur auf Kunst,

(69) * Gemeint: Johann Georg Sulzer (1720 – 1779), deutscher Ästhetiker

herüberschließen: »In der ganzen Schöpfung stimmt alles darinn überein, daß das Aug und die andern Sinnen von allen Seiten her durch angenehme Eindrücke gerührt werden.« Gehört denn, was unangenehme Eindrücke auf uns macht, nicht so gut in den Plan der Natur, als ihr Lieblichstes? Sind die wütenden Stürme, Wasserfluthen, Feuerregen, unterirrdische Glut, und Tod in allen Elementen nicht eben so wahre Zeugen ihres ewigen Lebens, als die herrlich aufgehende Sonne über volle Weinberge und duftende Orangenhaine. Was würde Herr *Sulzer* zu der liebreichen Mutter Natur sagen, wenn sie ihm eine Metropolis, die er mit allen schönen Künsten, Handlangerinnen, erbaut und bevölkert hätte, in ihren Bauch hinunter schlänge.

Eben so wenig besteht die Folgerung: »die Natur wollte durch die von allen Seiten auf uns zuströmenden Annehmlichkeiten unsre Gemüther überhaupt zu der Sanftmuth und Empfindsamkeit bilden.« *Überhaupt* thut sie das nie, sie härtet vielmehr, Gott sey dank, ihre ächten Kinder gegen die Schmerzen und Übel ab, die sie ihnen unabläßig bereitet, so daß wir den den glücklichsten Menschen nennen können, der der stärkste wäre, dem Übel zu entgegnen, es von sich zu weißen, und ihm zum Trutz den Gang seines Willens zu gehen. Das ist nun einem großen Theil der Menschen zu beschwerlich, ja unmöglich, daher retiriren und retranschiren[70] sich die meisten, sonderlich die Philosophen, deßwegen sie denn auch *überhaupt* so adäquat disputiren.

Wie partikular und eingeschränkt ist folgendes, und wie viel soll es beweisen! »Vorzüglich hat diese zärtliche Mutter den vollen Reiz der Annehmlichkeit in die Gegenstände gelegt, die uns zur Glückseligkeit am nöthigsten sind, besonders die selige Vereinigung, wodurch der Mensch eine Gattin findet.« Wir ehren die Schönheit von ganzem Herzen, sind für ihre Attraktion nie unfühlbar gewesen; allein sie hier zum primo mobili[71]

(70) * retirieren und retranchieren: sich zurückziehen und verschanzen

(71) * das erste Bewegende, die Ursache aller Bewegung

zu machen, kann nur der, der von den geheimnißvollen Kräften nichts ahndet, durch die jedes zu *seines Gleichen* gezogen wird, alles unter der Sonne sich paart, und glücklich ist.
Wäre es nun also auch wahr, daß die Künste zu Verschönerung der Dinge um uns würken, so ists doch falsch, daß sie es nach dem Beyspiele der Natur thun. Was wir von Natur sehn, ist Kraft, die Kraft verschlingt nichts gegenwärtig alles vorübergehend, tausend Keime zertreten jeden Augenblick tausend gebohren, groß und bedeutend, mannigfaltig ins Unendliche; schön und häßlich, gut und bös, alles mit gleichem Rechte neben einander existirend. Und die Kunst ist gerade das Widerspiel, sie entspringt aus den Bemühungen des Individu[u]ms, sich gegen die zerstörende Kraft des Ganzen zu erhalten. Schon das Thier durch seine Kunsttriebe *scheidet, verwahrt* sich; der Mensch durch alle Zustände befestigt sich gegen die Natur, ihre tausendfache Übel zu vermeiden, und nur das Maas von Gutem zu geniessen; bis es ihm endlich gelingt, die Cirkulation aller seiner wahr und gemachten Bedürfnisse in einen Pallast einzuschließen, so fern es möglich ist, alle zerstreute Schönheit und Glückseligkeit in seine gläserne Mauern zu bannen, wo er denn immer weicher und weicher wird, den Freuden des Körpers Freuden der Seele substituirt, und seine Kräfte von keiner Widerwärtigkeit zum Naturgebrauche aufgespannt, in Tugend, Wohlthätigkeit, Empfindsamkeit zerfliessen.
[. . .] Wenn irgend eine spekulative Bemühung den Künsten nützen soll, so muß sie den Künstler grade angehen, seinem natürlichen Feuer Luft machen, daß es um sich greiffe und sich thätig erweise. Denn um den Künstler allein ists zu thun, daß der keine Seeligkeit des Lebens fühlt als in seiner Kunst, daß in sein Instrument versunken, er mit allen seinen Empfindungen und Kräften da lebt. Am gaffenden Publikum, ob das, wenns ausgegafft hat, sich Rechenschaft geben kann, warums gaffte, oder nicht, was liegt an dem?
Wer also schriftlich, mündlich oder im Beyspiel, immer

einer besser als der andre, den sogenannten Liebhaber, das einzige wahre Publikum des Künstlers, immer näher und näher zum Künstlergeist aufheben könnte, daß die Seele mit einflösse ins Instrument, der hätte mehr gethan, als alle psychologische Theoristen. [. . .]

J. W. Goethe: Rezension von ›Die schönen Künste in ihrem Ursprung, ihrer wahren Natur und besten Anwendung, betrachtet von J. G. Sulzer‹. In: Fischer-Lamberg, Hanna (Hrsg.): Der Junge Goethe. Neu bearbeitete Ausgabe in fünf Bänden. Bd. III: September 1772–Dezember 1773. De Gruyter, Berlin 1966, S. 93 ff. Ausschnitt.

II. Der Epochenwandel in Goethes Sicht

1. Johann Wolfgang Goethe: [Dichtung als poetische Behandlung eines gegebenen Themas]

(1811)

[...] Indessen wurde ich auf eine völlig unerwartete Weise in Verhältnisse verwickelt, die mich ganz nahe an große Gefahr, und wenigstens für eine Zeitlang in Verlegenheit und Not brachten. Mein früheres gutes Verhältnis zu jenem Knaben, den ich oben Pylades genannt, hatte sich bis ins Jünglingsalter fortgesetzt. Zwar sahen wir uns seltener, weil unsre Eltern nicht zum besten mit einander standen; wo wir uns aber trafen, sprang immer sogleich der alte freundschaftliche Jubel hervor. Einst begegneten wir uns in den Alleen, die zwischen dem innern und äußern Sankt-Gallen-Tor einen sehr angenehmen Spaziergang darboten. Wir hatten uns kaum begrüßt, als er zu mir sagte: »Es geht mir mit deinen Versen noch immer wie sonst. Diejenigen, die du mir neulich mitteiltest, habe ich einigen lustigen Gesellen vorgelesen, und keiner will glauben, daß du sie gemacht habest.« – »Laß es gut sein«, versetzte ich; »wir wollen sie machen, uns daran ergötzen, und die andern mögen davon denken und sagen, was sie wollen.«

»Da kommt eben der Ungläubige!« sagte mein Freund. – »Wir wollen nicht davon reden«, war meine Antwort. »Was hilft's, man bekehrt sie doch nicht.« – »Mit nichten«, sagte der Freund; »ich kann es ihm nicht so hingehen lassen.«

Nach einer kurzen gleichgültigen Unterhaltung konnte es der für mich nur allzu wohlgesinnte junge Gesell nicht lassen, und sagte mit einiger Empfindlichkeit gegen jenen: »Hier ist nun der Freund, der die hübschen Verse gemacht hat, und die ihr ihm nicht zutrauen wollt.« – »Er wird es gewiß nicht übel nehmen«, versetzte jener; »denn es ist ja eine Ehre, die wir ihm erweisen wenn wir glauben, daß weit mehr Gelehrsamkeit dazu gehöre, solche Verse zu machen, als er bei seiner Jugend besitzen kann.« – Ich erwiderte etwas Gleichgültiges; mein Freund aber fuhr fort: »Es wird nicht viel Mühe kosten, euch zu überzeugen. Gebt ihm irgend ein Thema auf, und er macht euch ein Gedicht aus dem Stegreif.« – Ich ließ es mir gefallen, wir wurden einig, und der dritte fragte mich: ob ich mich wohl getraue, einen recht artigen Liebesbrief in Versen aufzusetzen, den ein verschämtes junges Mädchen an einen Jüngling schriebe, um ihre Neigung zu offenbaren. – »Nichts ist leichter als das«, versetzte ich, »wenn wir nur ein Schreibzeug hätten.« – Jener brachte seinen Taschenkalender hervor, worin sich weiße Blätter in Menge befanden, und ich setzte mich auf eine Bank, zu schreiben. Sie gingen indes auf und ab und ließen mich nicht aus den Augen. Sogleich faßte ich die Situation in den Sinn und dachte mir, wie artig es sein müßte, wenn irgend ein hübsches Kind mir wirklich gewogen wäre und es mir in Prosa oder in Versen entdecken wollte. Ich begann daher ohne Anstand meine Erklärung, und führte sie in einem zwischen dem Knittelvers und Madrigal schwebenden Silbenmaße mit möglichster Naivetät in kurzer Zeit dergestalt aus, daß, als ich dies Gedichtchen den beiden vorlas, der Zweifler in Verwunderung und mein Freund in Entzücken versetzt wurde. Jenem konnte ich auf sein Verlangen das Gedicht um so weniger verweigern, als es in seinen Kalender geschrieben war, und ich das Dokument meiner Fähigkeiten gern in seinen Händen sah. Er schied unter vielen Versicherungen von Bewunderung und Neigung, und wünschte nichts mehr, als uns öfter zu begegnen, und wir machten aus, bald zusammen aufs Land zu gehen. [. . .]

[. . .] Wir saßen, und er sagte: »Als Ihr die Liebesepistel neulich mitgenommen hattet, sprachen wir die ganze Sache noch einmal durch und machten die Betrachtung, daß wir so ganz umsonst, andern zum Verdruß und uns zur Gefahr, aus bloßer leidiger Schadenfreude, Euer Talent mißbrauchen, da wir es doch zu unser aller Vorteil benutzen könnten. Seht, ich habe hier eine Bestellung auf ein Hochzeitgedicht, sowie auf ein Leichenkarmen. Das zweite muß gleich fertig sein, das erste hat noch acht Tage Zeit. Mögt Ihr sie machen, welches Euch ein leichtes ist, so traktiert[72] Ihr uns zweimal, und wir bleiben auf lange Zeit Eure Schuldner.« – Dieser Vorschlag gefiel mir von allen Seiten: denn ich hatte schon von Jugend auf die Gelegenheitsgedichte, deren damals in jeder Woche mehrere zirkulierten, ja besonders bei ansehnlichen Verheiratungen dutzendweise zum Vorschein kamen, mit einem gewissen Neid betrachtet, weil ich solche Dinge ebenso gut, ja noch besser zu machen glaubte. Nun ward mir die Gelegenheit angeboten, mich zu zeigen, und besonders, mich gedruckt zu sehen. Ich erwies mich nicht abgeneigt. Man machte mich mit den Personalien, mit den Verhältnissen der Familie bekannt; ich ging etwas abseits, machte meinen Entwurf und führte einige Strophen aus. Da ich mich jedoch wieder zur Gesellschaft begab und der Wein nicht geschont wurde, so fing das Gedicht an zu stocken, und ich konnte es diesen Abend nicht abliefern. »Es hat noch bis morgen abend Zeit«, sagten sie, »und wir wollen Euch nur gestehen, das Honorar, welches wir für das Leichenkarmen erhalten, reicht hin, uns morgen noch einen lustigen Abend zu verschaffen. Kommt zu uns: denn es ist billig, daß Gretchen auch mit genieße, die uns eigentlich auf diesen Einfall gebracht hat.« – Meine Freude war unsäglich. Auf dem Heimwege hatte ich nur die noch fehlenden Strophen im Sinne, schrieb das Ganze noch vor Schlafengehn nieder und den andern Morgen sehr sauber ins Reine. Der Tag ward mir unendlich lang, und kaum war es dunkel geworden, so fand ich mich wieder in der kleinen engen Wohnung neben dem allerliebsten Mädchen. [. . .]

J. W. Goethe: Dichtung und Wahrheit 1, 5. Hamburger Ausgabe Band 9, S. 164 f. und 172. Ausschnitte.

(72) * bewirten

2. Johann Wolfgang Goethe: [Dichtung als Naturgabe]

(1830/31)

[. . .] Ich war dazu gelangt, das mir inwohnende dichterische Talent ganz als Natur zu betrachten, um so mehr, als ich darauf gewiesen war, die äußere Natur als den Gegenstand desselben anzusehen. Die Ausübung dieser Dichtergabe konnte zwar durch Veranlassung erregt und bestimmt werden; aber am freudigsten und reichlichsten trat sie unwillkürlich, ja wider Willen hervor.

Durch Feld und Wald zu schweifen,
Mein Liedchen weg zu pfeifen,
So ging's den ganzen Tag.

Auch beim nächtlichen Erwachen trat derselbe Fall ein, und ich hatte oft Lust, wie einer meiner Vorgänger, mir ein ledernes Wams machen zu lassen, und mich zu gewöhnen, im Finstern, durchs Gefühl, das, was unvermutet hervorbrach, zu fixieren. Ich war so gewohnt, mir ein Liedchen vorzusagen, ohne es wieder zusammen finden zu können, daß ich einigemal an den Pult rannte und mir nicht die Zeit nahm, einen quer liegenden Bogen zurecht zu rücken, sondern das Gedicht von Anfang bis zu Ende, ohne mich von der Stelle zu rühren, in der Diagonale herunterschrieb. In eben diesem Sinne griff ich weit lieber zu dem Bleistift, welcher williger die Züge hergab: denn es war mir einigemal begegnet, daß das Schnarren und Spritzen der Feder mich aus meinem nachtwandlerischen Dichten aufweckte, mich zerstreute und ein kleines Produkt in der Geburt erstickte. Für solche Poesien hatte ich eine besondere Ehrfurcht, weil ich mich doch ohngefähr gegen dieselben verhielt, wie die Henne gegen die Küchlein, die sie ausgebrütet um sich her piepsen sieht. Meine frühere Lust, diese Dinge nur durch Vorlesungen mitzuteilen, erneute sich wieder, sie aber gegen Geld umzutauschen schien mir abscheulich. [. . .]

J. W. Goethe: Dichtung und Wahrheit 4, 16. Hamburger Ausgabe Band 10, S. 80 f. Ausschnitt.

3. Johann Wolfgang Goethe: [Dichtung als »Bruchstücke einer großen Konfession«]

(1812)

[...] Die weitschweifige Periode, in welche meine Jugend gefallen war, hatte ich treufleißig, in Gesellschaft so vieler würdigen Männer, durchgearbeitet. Die mehreren Quartbände Manuskript, die ich meinem Vater zurückließ, konnten zum genugsamen Zeugnisse dienen, und welche Masse von Versuchen, Entwürfen, bis zur Hälfte ausgeführten Vorsätzen war mehr aus Mißmut als aus Überzeugung in Rauch aufgegangen! Nun lernte ich durch Unterredung überhaupt, durch Lehre, durch so manche widerstreitende Meinung, besonders aber durch meinen Tischgenossen, den Hofrat Pfeil, das Bedeutende des Stoffs und das Konzise der Behandlung mehr und mehr schätzen, ohne mir jedoch klar machen zu können, wo jenes zu suchen und wie dieses zu erreichen sei. Denn bei der großen Beschränktheit meines Zustandes, bei der Gleichgültigkeit der Gesellen, dem Zurückhalten der Lehrer, der Abgesondertheit gebildeter Einwohner, bei ganz unbedeutenden Naturgegenständen war ich genötigt, alles in mir selbst zu suchen. Verlangte ich nun zu meinen Gedichten eine wahre Unterlage, Empfindung oder Reflexion, so mußte ich in meinen Busen greifen; forderte ich zu poetischer Darstellung eine unmittelbare Anschauung des Gegenstandes, der Begebenheit, so durfte ich nicht aus dem Kreise heraustreten, der mich zu berühren, mir ein Interesse einzuflößen geeignet war. In diesem Sinne schrieb ich zuerst gewisse kleine Gedichte in Liederform oder freierem Silbenmaß; sie entspringen aus Reflexion, handeln vom Vergangenen und nehmen meist eine epigrammatische Wendung.

Und so begann diejenige Richtung, von der ich mein ganzes Leben über nicht abweichen konnte, nämlich dasjenige, was mich erfreute oder quälte, oder sonst beschäftigte, in ein Bild, ein Gedicht zu verwandeln und darüber mit mir selbst abzuschließen, um sowohl meine

Begriffe von den äußeren Dingen zu berichtigen, als mich im Innern deshalb zu beruhigen. Die Gabe hierzu war wohl niemand nötiger als mir, den seine Natur immerfort aus einem Extreme in das andere warf. Alles, was daher von mir bekannt geworden, sind nur Bruchstücke einer großen Konfession, welche vollständig zu machen dieses Büchlein ein gewagter Versuch ist. [. . .]

J. W. Goethe: Dichtung und Wahrheit 2, 7. Hamburger Ausgabe Band 9, S. 282 f. Ausschnitt.

4. Johann Wolfgang Goethe: [Herders neue Auffassung von Dichtung]

(1812)

[. . .] Ich ward mit der Poesie von einer ganz andern Seite, in einem andern Sinne bekannt als bisher, und zwar in einem solchen, der mir sehr zusagte. Die hebräische Dichtkunst, welche er nach seinem Vorgänger Lowth geistreich behandelte, die Volkspoesie, deren Überlieferungen im Elsaß aufzusuchen er uns antrieb, die ältesten Urkunden als Poesie gaben das Zeugnis, daß die Dichtkunst überhaupt eine Welt- und Völkergabe sei, nicht ein Privaterbteil einiger feinen, gebildeten Männer. Ich verschlang das alles, und je heftiger ich im Empfangen, desto freigebiger war er im Geben, und wir brachten die interessantesten Stunden zusammen zu. Meine übrigen angefangenen Naturstudien suchte ich fortzusetzen, und da man immer Zeit genug hat, wenn man sie gut anwenden will; so gelang mir mitunter das Doppelte und Dreifache. Was die Fülle dieser wenigen Wochen betrifft, welche wir zusammen lebten, kann ich wohl sagen, daß alles, was Herder nachher allmählich ausgeführt hat, im Keim angedeutet ward, und daß ich dadurch in die glückliche Lage geriet, alles, was ich bisher gedacht, gelernt, mir zugeeignet hatte, zu komplettieren, an ein Höheres anzuknüpfen, zu erweitern. Wäre Herder methodischer gewesen, so hätte ich auch für eine dauerhafte Richtung meiner Bildung die köstlichste

Anleitung gefunden; aber er war mehr geneigt zu prüfen und anzuregen, als zu führen und zu leiten. So machte er mich zuerst mit Hamanns[73] Schriften bekannt, auf die er einen sehr großen Wert setzte. Anstatt mich aber über dieselben zu belehren und mir den Hang und Gang dieses außerordentlichen Geistes begreiflich zu machen; so diente es ihm gewöhnlich nur zur Belustigung, wenn ich mich, um zu dem Verständnis solcher sibyllischen Blätter zu gelangen, freilich wunderlich genug gebärdete. Indessen fühlte ich wohl, daß mir in Hamanns Schriften etwas zusagte, dem ich mich überließ, ohne zu wissen, woher es komme und wohin es führe.
[. . .]
Ehe ich nun von jenem für mich so bedeutenden und folgereichen Verhältnisse zu Herdern den Blick hinwegwende, finde ich noch einiges nachzubringen. Es war nichts natürlicher, als daß ich nach und nach in Mitteilung dessen, was bisher zu meiner Bildung beigetragen, besonders aber solcher Dinge, die mich noch in dem Augenblicke ernstlich beschäftigten, gegen Herdern immer karger und karger ward. Er hatte mir den Spaß an so manchem, was ich früher geliebt, verdorben und mich besonders wegen der Freude, die ich an Ovids[74] ›Metamorphosen‹ gehabt, aufs strengste getadelt. Ich mochte meinen Liebling in Schutz nehmen wie ich wollte, ich mochte sagen, daß für eine jugendliche Phantasie nichts erfreulicher sein könne, als in jenen heitern und herrlichen Gegenden mit Göttern und Halbgöttern zu verweilen und ein Zeuge ihres Tuns und ihrer Leidenschaften zu sein; ich mochte jenes oben erwähnte Gutachten eines ernsthaften Mannes umständlich beibringen und solches durch meine eigne Erfahrung bekräftigen: das alles sollte nicht gelten, es sollte sich keine eigentliche unmittelbare Wahrheit in diesen Gedichten finden; hier sei weder Griechenland noch Italien, weder

(73) * Johann Georg Hamann (1730 – 1788), mystischer Denker
(74) * Publius Ovidius Naso (43 v. Chr. – ca. 18 n. Chr.); lateinischer Dichter der Augusteischen Zeit; Hauptwerk: ›Metamorphosen‹ (Verwandlungssagen)

eine Urwelt noch eine gebildete, alles vielmehr sei Nachahmung des schon Dagewesenen und eine manierierte Darstellung, wie sie sich nur von einem Überkultivierten erwarten lasse. Und wenn ich denn zuletzt behaupten wollte: was ein vorzügliches Individuum hervorbringe, sei doch auch Natur, und unter allen Völkern, frühern und spätern, sei doch immer nur der Dichter Dichter gewesen; so wurde mir dies nun gar nicht gut gehalten, und ich mußte manches deswegen ausstehen, ja mein Ovid war mir beinah dadurch verleidet: denn es ist keine Neigung, keine Gewohnheit so stark, daß sie gegen die Mißreden vorzüglicher Menschen, in die man Vertrauen setzt, auf die Länge sich erhalten könnte. Immer bleibt etwas hängen, und wenn man nicht unbedingt lieben darf, sieht es mit der Liebe schon mißlich aus. [. . .]

J. W. Goethe: Dichtung und Wahrheit 2, 10. Hamburger Ausgabe Band 9, S. 408 f. und 412 f. Ausschnitte.

5. Johann Wolfgang Goethe: [Die gesellschaftliche Geltung des Dichters]

(1812)

[. . .] Die deutschen Dichter, da sie nicht mehr als Gildeglieder für *einen* Mann standen, genossen in der bürgerlichen Welt nicht der mindesten Vorteile. Sie hatten weder Halt, Stand noch Ansehn, als insofern sonst ein Verhältnis ihnen günstig war, und es kam daher bloß auf den Zufall an, ob das Talent zu Ehren oder Schanden geboren sein sollte. Ein armer Erdensohn, im Gefühl von Geist und Fähigkeiten, mußte sich kümmerlich ins Leben hineinschleppen und die Gabe, die er allenfalls von den Musen erhalten hatte, von dem augenblicklichen Bedürfnis gedrängt, vergeuden. Das Gelegenheitsgedicht, die erste und echteste aller Dichtarten, ward verächtlich auf einen Grad, daß die Nation noch jetzt nicht zu einem Begriff des hohen Wertes desselben gelangen kann, und ein Poet, wenn er nicht gar den Weg Günthers[75] einschlug, erschien in der Welt auf die traurigste Weise subordiniert, als Spaßmacher und Schmarutzer, so daß er sowohl auf dem Theater als auf der Lebensbühne eine Figur vorstellte, der man nach Belieben mitspielen konnte.

Gesellte sich hingegen die Muse zu Männern von Ansehen, so erhielten diese dadurch einen Glanz, der auf die Geberin zurückfiel. Lebensgewandte Edelleute, wie Hagedorn, stattliche Bürger, wie Brockes, entschiedene Gelehrte, wie Haller[76], erschienen unter den Ersten der Nation, den Vornehmsten und Geschätztesten gleich. Besonders wurden auch solche Personen verehrt, die, neben jenem angenehmen Talente, sich noch als emsige, treue Geschäftsmänner auszeichneten. Deshalb erfreuten sich Uz, Rabener, Weiße[77] einer Achtung ganz eigner Art, weil man die heterogensten, selten mit einander verbundenen Eigenschaften hier vereint zu schätzen hatte.

Nun sollte aber die Zeit kommen, wo das Dichtergenie sich selbst gewahr würde, sich seine eignen Verhältnisse selbst schüfe und den Grund zu einer unabhängigen Würde zu legen verstünde. Alles traf in Klopstock zusammen, um eine solche Epoche zu begründen. [. . .]

J. W. Goethe: Dichtung und Wahrheit 2, 10. Hamburger Ausgabe Band 9, S. 397 f. Ausschnitt.

---

(75) * Johann Christian Günther (1695 – 1723), Dichter

(76) * Hagedorn: s. Anm. 9; Barthold Hinrich Brockes (1680 – 1747), Naturdichter; Haller: s. Anm. 5

(77) * Uz: s. Quellenverzeichnis; Gottlieb Wilhelm Rabener (1714 – 1771), Satirendichter; Weiße: s. Quellenverzeichnis

III. Zum Begriff der »Volkspoesie«

1. Johann Gottfried Herder: [Alte und zeitgenössische Literatur]

(1773)

[. . .] Habe ich denn je meine skaldische[78] Gedichte in allem für Muster neuerer Gedichte ausgeben wollen? nichts weniger! sie mögen so einförmig, so trocken sein: andre Nationen sie so sehr übertreffen: sie mögen für nichts als Gesänge nordischer Meistersänger oder Improvisatori gelten: was ich mit ihnen beweisen will, beweisen sie. Der Geist, der sie erfüllet, die rohe, einfältige, aber große zaubermäßige, feierliche Art, die Tiefe des Eindrucks, den jedes so starkgesagte Wort macht, und der freie Wurf, mit dem der Eindruck gemacht wird – nur das wollte ich bei den alten Völkern, nicht als Seltenheit, als Muster, sondern als Natur anführen, und darüber also lassen Sie mich reden!
Sie wissen aus Reisebeschreibungen, wie stark und fest sich immer die Wilden ausdrücken. Immer die Sache, die sie sagen wollen, sinnlich, klar, lebendig anschauend: den Zweck, zu dem sie reden, unmittelbar und genau fühlend: nicht durch Schattenbegriffe, Halbideen und symbolischen Letternverstand (von dem sie in keinem Worte ihrer Sprache, da sie fast keine Abstracta haben, wissen) durch alle dies nicht zerstreuet: noch minder durch Künsteleien, sklavische Erwartungen, furchtsam-schleichende Politik und verwirrende Prämeditation[79] verdorben – über alle diese Schwächungen des Geistes selig-unwissend, erfassen sie den ganzen Gedanken mit dem ganzen Worte, und dies mit jenem. Sie schweigen entweder, oder reden im Moment des In-

---

(78) * Skalde ist ein Sänger und Dichter an einem nordischen Fürstenhof der Wikingerzeit.

(79) * im nächsten Satz in dem verneinten Adjektiv »un – vorbedacht« übersetzt

teresse mit einer unvorbedachten Festigkeit, Sicherheit und Schönheit, die alle wohlstudierte Europäer allezeit haben bewundern müssen und – müssen bleiben lassen. Unsre Pedanten, die alles vorher zusammenstoppeln und auswendig lernen müssen, um alsdenn recht methodisch zu stammeln; unsre Schulmeister, Küster, Halbgelehrte, Apotheker und alle, die den Gelehrten durchs Haus laufen und nichts erbeuten, als daß sie endlich, wie Shakespeares Launcelots, Polizeidiener und Totengräber, uneigen, unbestimmt und wie in der letzten Todesverwirrung sprechen – diese gelehrte Leute, was wären die gegen die Wilden? – Wer noch bei uns Spuren von dieser Festigkeit finden will, der suche sie ja nicht bei solchen: – unverdorbne Kinder, Frauenzimmer, Leute von gutem Naturverstande, mehr durch Tätigkeit als Spekulation gebildet, die sind, wenn das, was ich anführete, Beredsamkeit ist, alsdenn die einzigen und besten Redner unsrer Zeit.

In der alten Zeit aber waren es Dichter, Skalden, Gelehrte, die eben diese Sicherheit und Festigkeit des Ausdrucks am meisten mit Würde, mit Wohlklang, mit Schönheit zu paaren wußten; und da sie also Seele und Mund in den festen Bund gebracht hatten, sich einander nicht zu verwirren, sondern zu unterstützen, beizuhelfen; so entstanden daher jene für uns halbe Wunderwerke von ἀοίδοις, Sängern, Barden, Minstrels, wie die größten Dichter der ältesten Zeiten waren. Homers Rhapsodien und Ossians Lieder waren gleichsam Impromptus, weil man damals noch von nichts als Impromptus der Rede wußte: dem letztern sind die Minstrels, wiewohl so schwach und entfernt, gefolgt; indessen doch gefolgt, bis endlich die Kunst kam und die Natur auslöschte. In fremden Sprachen quälte man sich von Jugend auf, Quantitäten von Sylben kennen zu lernen, die uns nicht mehr Ohr und Natur zu fühlen gibt: nach Regeln zu arbeiten, deren wenigste ein Genie als Naturregeln anerkennet; über Gegenstände zu dichten, über die sich nichts denken, noch weniger *sinnen,* noch weniger imaginieren läßt; Leidenschaften zu erkünsteln, die wir nicht haben, Seelenkräfte nachzuahmen, die wir nicht besitzen – und endlich wurde alles Falschheit, Schwäche und Künstelei. Selbst jeder beste Kopf ward verwirret, und verlor Festigkeit des Auges und der Hand, Sicherheit des Gedankens und des Ausdrucks: mithin die wahre Lebhaftigkeit und Wahrheit und Andringlichkeit – alles ging verloren. Die Dichtkunst, die die stürmendste, sicherste Tochter der menschlichen Seele sein sollte, ward die ungewisseste, lahmste, wankendste: die Gedichte fein oft korrigierte Knaben- und Schulexerzitien. Und freilich, wenn das der Begriff unsrer Zeit ist, so wollen wir auch in den alten Stücken immer mehr Kunst als Natur bewundern, finden also in ihnen bald zu viel, bald zu wenig, nachdem uns der Kopf steht, und selten, was in ihnen singt, den Geist der Natur. Ich bin gewiß, daß Homer und Ossian, wenn sie aufleben und sich lesen, sich rühmen hören sollten, mehr als zu oft über das erstaunen würden, was ihnen gegeben und genommen, angekünstelt und wiederum in ihnen nicht gefühlt wird.

Freilich sind unsre Seelen heutzutage durch lange Generationen und Erziehung von Jugend auf anders gebildet. Wir sehen und fühlen kaum mehr, sondern denken und grüblen nur; wir dichten nicht über und in lebendiger Welt, im Sturm und im Zusammenstrom solcher Gegenstände, solcher Empfindungen; sondern erkünsteln uns entweder Thema, oder Art, das Thema zu behandeln, oder gar beides – und haben uns das schon so lange, so oft, so von früh auf erkünstelt, daß uns freilich jetzt kaum eine freie Ausbildung mehr glücken würde – denn wie kann ein Lahmer gehen? Daher also auch, daß unsern meisten neuen Gedichten die Festigkeit, die Bestimmtheit, der runde Kontur so oft fehlet, den nur der erste Hinwurf verleihet und kein späteres Nachzirkeln erteilen kann. Einem Homer und Ossian würden wir bei solchem poetischen Fleiß gewiß nicht anders vorkommen, als einem Raphael oder Apelles[80], der

(80) * Raffael (1483 – 1520), italienischer Maler und Baumeister; Apelles aus Kolophon, berühmter Hofmaler Alexanders des Großen

durch *einen* Umriß sich als Apelles zeigt, der schwachhändig kritzelnde Lehrknabe – usw.

J. G. Herder: Auszug aus einem Briefwechsel über Ossian und die Lieder alter Völker. 8. In: Loewenthal, Erich (Hrsg.): Sturm und Drang. Kritische Schriften. Lambert Schneider, Heidelberg [3]1972, S. 531–533. Ausschnitt.

2. Johann Wolfgang Goethe: [An Herder]

(September 1771)

Dass ich Ihnen geben kann was Sie wünschen, und mehr als Sie vielleicht hoffen, macht mir eine Freude, deren Sie mich so wenig, als eines wahren Enthusiasmus fähig glauben können, nach dem Bilde das Sie Sich einmal von mir haben machen müssen. Genug ich habe noch aus Elsas zwölf Lieder mitgebracht, die ich auf meinen Streiffereyen aus denen Kehlen der ältsten Müttergens aufgehascht habe. Ein Glück! denn ihre Enckel singen alle: ich liebte nur Ismenen. Sie waren Ihnen bestimmt; Ihnen allein bestimmt; so dass ich meinen besten Gesellen keine Abschrifft auf's dringendste Bitten erlaubt habe. Ich will mich nicht aufhalten, etwas von ihrer Fürtrefflichkeit, noch von dem Unterschiede ihres Wehrtes zusagen. Aber ich habe sie bissher als einen Schatz an meinem Herzen getragen, alle Mädgen die Gnade vor meinen Augen finden wollen, müssen sie lernen und singen; meine Schwester soll Ihnen die Melodien die wir haben, |: sind NB die alten Melodien, wie sie Gott erschaffen hat :| sie soll sie Ihnen abschreiben. Und nun geschwind Adieu, dass ich ans abschreiben komme.

Nun binn ich fertig und warte biss die Post abgeht. Ich hoffe die Lieder sollen Ihnen Freude machen, und hiermit Adieu. Von Celtischen Gälischen Sachen soll nächstens etwas folgen, es fehlen mir noch gewisse Bücher die ich aber bald kriegen muss. [. . .]

Weiter nichts für diesmal. Ich binn Ihr Goethe.

Meine Schwester macht mich noch einmal ansetzen. Ich soll Sie grüsen, und Sie auf den vierzehnten Oktober invitiren, da Schäckesp. Nahmenstag mit grosem Pomp hier gefeyert werden wird. Wenigstens sollen Sie im Geiste gegenwärtig seyn, und wenn es möglich ist Ihre Abhandlung auf den Tag einsenden, damit sie einen Teil unsrer Liturgie ausmache.
Meine Eltern empfelen sich Ihrem Andencken.

Goethes Briefe. Hamburger Ausgabe, hrsg. v. K. R. Mandelkow. Band 1. Christian Wegner Verlag, Hamburg 1962, S. 126f. Ausschnitt.

3. Unbekannter Verfasser: Arie

(e. etwa 1750)

Ich liebte nur Ismenen,
Ismene liebte mich.
Mit unverfälschten Thränen
Getreu verließ ich dich.
Noch fühl' ich gleiche Triebe,
Nur du fliehst mein Gesicht.
Beweg ihr Herz, o Liebe,
Nur straf Ismenen nicht!

Wie oft hast du geschworen,
Du liebtest mich allein,
Sonst sollt' dein Witz verloren,
Dein Anblick schrecklich sein.
Aus Liebe zu Narcissen
Vergisst du Schwur und Pflicht.
O rühre sie, Gewissen,
Nur straf Ismenen nicht!

Dort unter jener Buchen
Gabst du mir Blum' und Band.
Dort kamst du mich zu suchen,
Hier gabst du mir die Hand.
Dort gabst du mit Erröthen

Den Ring. Der Untreu bricht –
Gedanken, die mich tödten,
Straft nur Ismenen nicht!

Du grubst in diese Linde
Mit eignen Händen ein:
Wer untreu wird, der finde
Hier seinen Leichenstein.
Schont Götter, schont Ismenen,
Die selbst ihr Urtheil spricht!
Mein Grab soll euch versöhnen,
Nur straft Ismenen nicht!

Jürgen Stenzel (Hrsg.): Gedichte 1700–1770. Deutscher Taschenbuch Verlag, München ²1977, S. 242. (Epochen der deutschen Lyrik, hrsg. v. W. Killy, Bd. 5.)

4. Gottfried August Bürger: [Literatur als Volkspoesie]

(1776)

[. . .] Man will keine menschliche, sondern himmlische Szenen malen; nicht wie seinesgleichen, sondern wie Völker anderer Zeiten, anderer Zonen; man will oft gar, wie der liebe Gott und die heiligen Engel empfinden. Hieran, ihr deutschen Dichter, nicht aber an dem kalten und trägen Publikum, wie ihr falsch wähnet, liegt es, daß eure Gedichte nicht durch das ganze Volk gäng und gebe sind.

Diesem Unheil abzuhelfen, ist freilich kein kräftiger Mittel, als das so oft beschrieene und zitierte, aber so selten gelesene Buch der Natur zu empfehlen. Man lerne das Volk im ganzen kennen, man erkundige seine Phantasie und Fühlbarkeit, um jene mit gehörigen Bildern zu füllen und für diese das rechte Kaliber zu treffen. Alsdann den Zauberstab des natürlichen Epos gezückt! Das alles in Gewimmel und Aufruhr gesetzt! Vor den Augen der Phantasie vorbeigejagt! Und die güldene

Pfeile abgeschossen! Traun! dann soll's anders gehn, als es bisher gegangen ist. Wer's dahin bringt, dem verspreche ich, daß sein Gesang den verfeinerten Weisen eben so sehr als den rohen Bewohner des Waldes, die Dame am Putztisch wie die Tochter der Natur hinter dem Spinnrocken und auf der Bleiche entzücken werde. Dies sei das rechte non plus ultra aller Poesie!

Hier, deucht mir, seh' ich manche Vers- und Theoreienmacher mit weiser Miene mir entgegen lächeln. Sie wollen sagen: daß doch nicht alle Gegenstände, sonderlich die Belustigungen des Verstandes und Witzes, so allgemein verständlich und behäglich sich behandeln ließen. Mir deucht, das liebwerteste Lehrgedicht, das Epigramm und manche andere ihres Gelichters, die in den poetischen Theoreien auch ihr Stühlchen haben, wollen soeben aufspringen und Lärmen machen. – Lieben Leute, eure Theorei irret die Theorei der Natur ganz und gar nicht. Die Natur, wenn ich nicht gewaltig irre, weiset der Poesie das Gebiet der Phantasie und Empfindung, hergegen das Reich des Verstandes und Witzes einer andern Dame, der *Versmacherkunst,* an. [. . .]

Mit den Angelegenheiten der Versmacherkunst hab' ich hier nichts zu schaffen. Mir liegt das Wohl und Weh der Poesie am Herzen. Ihre Produkte wünscht' ich insgesamt volksmäßig zu machen. Zunächst ist hier von der lyrischen und episch-lyrischen Gattung die Rede.

Aber der Zauberstab des Epos, der den Apparatus der Phantasie und Empfindung beleben und in Aufruhr setzen soll, ist nur in wenigen Händen. Viele suchten und fanden ihn nicht, weil er wirklich nicht leicht zu finden ist, und sie ihn nicht am rechten Ort suchten. Wo er noch am ersten und leichtesten zu finden ist, das sind unsere alten Volkslieder. Seit kurzem erst sind einige echte Söhne der Natur ihm hier auf die Spur geraten.

Diese alten Volkslieder bieten dem reifenden Dichter ein sehr wichtiges Studium der natürlich poetischen, besonders der lyrischen und episch-lyrischen Kunst dar. Sie sind meist, sowohl in Phantasie als Empfindung, wahre Ausgüsse einheimischer Natur. Freilich hat die mündliche Tradition oft manches hinzugetan und weggenommen, und dadurch viel lächerlichen Unsinn hineingebracht. Wer aber das Gold von den Schlacken zu scheiden weiß, wird wahrlich keinen verächtlichen Schatz erbeuten. – [. . .]

In jener Absicht hat öfters mein Ohr in der Abenddämmerung dem Zauberschalle der Balladen und Gassenhauer, unter den Linden des Dorfs, auf der Bleiche und in den Spinnstuben gelauscht. Selten ist mir ein sogenanntes Stückchen zu unsinnig und albern gewesen, daß nicht wenigstens etwas, und sollt' es auch nur ein Pinselstrich des magisch-rostigen Kolorits gewesen sein, poetisch mich erbauet hätte. Gar herrlich, und schier ganz allein, läßt sich hieraus der Vortrag der Ballade und Romanze, oder der lyrischen und episch-lyrischen Dichtart – denn beides ist eins! und alles Lyrische und Episch-Lyrische sollte Ballade oder Volkslied sein! – gar herrlich, sag' ich, läßt er sich hieraus erlernen.

Freilich kömmt mir hier wieder die sogenannte höhere Lyrik, die unter dieser Gattung nicht stehen will und sich wohl recht was dünkt, quer in den Weg gelaufen. Ich kenne Werke von dieser höhern lyrischen Gattung, die bei allem dem sehr volksmäßig sind. Jene, die nicht fürs Volk ist, mag hinlaufen, wohin sie will. Mag sie doch für Götter und Göttersöhne den erhabensten Wert haben! Für das irdische Geschlecht hat sie nicht mehr als der letzte Fixstern, dessen Licht aus tiefer dunkler Ferne zu uns her flimmert. Dies Urteil würde ich aussprechen, wenn ich auch selbst ein solcher Göttersohn wäre; denn es ist mir hier mehr fürs liebe Menschenvolk als für Götter und Göttersöhne zu tun. –

Durch Popularität, mein' ich, soll die Poesie das wieder werden, wozu sie Gott erschaffen und in die Seelen der Auserwählten gelegt hat. Lebendiger Odem, der über aller Menschen Herzen und Sinnen hin weht! Odem Gottes, der vom Schlaf und Tod aufweckt! die Blinden sehend, die Tauben hörend, die Lahmen gehend und die Aussätzigen rein macht! Und das alles zum Heil und Frommen des Menschengeschlechts in diesem Jammertal!

Von der Muse der Romanze und Ballade ganz allein mag unser Volk noch einmal die allgemeine Lieblingsepopee[81] aller Stände, von Pharao an bis zum Sohn der Magd hinter der Mühle, hoffen! Unbegreiflich ist mir's daher, wie einige Leute diese Muse zu einer Aftermuse oder zur Zofe einer von den neun Pierinnen[82] machen, und ihr kein ander Instrument als den Dudelsack in die Hand geben mögen; da sie doch das ganze unermeßliche Gebiet der Phantasie und Empfindung unter sich hat; da sie es doch ist, die den Rasenden Roland, die Feenkönigin, Fingal und Temora[83] und – sollte man's glauben? – die Ilias und Odyssee gesungen hat? Wahrhaftig! Alle diese Gedichte waren denen Völkern, welchen sie gesungen wurden, nichts als Balladen, Romanzen und Volkslieder. Eben daher erhielten sie den allgemeinen Nationalbeifall, der so vielen Leutlein unbegreiflich ist. Uns Deutschen sind sie freilich nicht mehr volksmäßig; aber wir sind auch nicht die Griechen, nicht die Italiener, nicht die Briten. Deutsche sind wir! Deutsche, die nicht griechische, nicht römische, nicht Allerweltgedichte in deutscher Zunge, sondern in deutscher Zunge deutsche Gedichte, verdaulich und nährend fürs ganze Volk, machen sollen. Ihr Dichter, die ihr ein solches nicht geleistet habt und daher wenig oder gar nicht gelesen werdet, klaget nicht ein kaltes und träges Publikum, sondern euch selbst an! Geb' uns einer ein großes Nationalgedicht von jener Art, und wir wollen's zu unserem Taschenbuch machen. Steiget herab von den Gipfeln eurer wolkigen Hochgelahrtheit, und verlanget nicht, daß wir vielen, die wir auf Erden wohnen, zu euch wenigen hinauf klimmen sollen. [. . .]

G. A. Bürger: Aus Daniel Wunderlichs Buch. In: Loewenthal, Erich (Hrsg.): Sturm und Drang. Kritische Schriften. Lambert Schneider, Heidelberg ^{2}1972, S. 807–810. Ausschnitte.

(81) * Epopöe (griech.), Götter- und Heldenepos
(82) * die Musen, nach ihrer Landschaft Pierien in Makedonien
(83) * Fingal und Temora: Gestalten der ossianischen Dichtung

5. Friedrich Schiller: [Kritik an Bürger]

(1791)

Die Gleichgültigkeit, mit der unser philosophierendes Zeitalter[84] auf die Spiele der Musen herabzusehen anfängt, scheint keine Gattung der Poesie empfindlicher zu treffen als die *lyrische.* Der *dramatischen* Dichtkunst dient doch wenigstens die Einrichtung des gesellschaftlichen Lebens zu einigem Schutze, und der *erzählenden* erlaubt ihre freiere Form, sich dem Weltton mehr anzuschmiegen und den Geist der Zeit in sich aufzunehmen. Aber die jährlichen Almanache, die Gesellschaftsgesänge, die Musikliebhaberei unsrer Damen sind nur ein schwacher Damm gegen den Verfall der lyrischen Dichtkunst. Und doch wäre es für den Freund des Schönen ein sehr niederschlagender Gedanke, wenn diese jugendlichen Blüten des Geists in der Fruchtzeit absterben, wenn die reifere Kultur auch nur mit einem einzigen Schönheitsgenuß erkauft werden sollte. Vielmehr ließe sich auch in unsern so unpoetischen Tagen, wie für die Dichtkunst überhaupt, also auch für die lyrische, eine sehr würdige Bestimmung entdecken; es ließe sich vielleicht dartun, daß, wenn sie von einer Seite höhern Geistesbeschäftigungen nachstehen muß, sie von einer andern nur desto notwendiger geworden ist. Bei der Vereinzelung und getrennten Wirksamkeit unsrer Geisteskräfte, die der erweiterte Kreis des Wissens und die Absonderung der Berufsgeschäfte notwendig macht, ist es die Dichtkunst beinahe allein, welche die getrennten Kräfte der Seele wieder in Vereinigung bringt, welche Kopf und Herz, Scharfsinn und Witz, Vernunft und Einbildungskraft in harmonischem Bunde beschäftigt, welche gleichsam den *ganzen Menschen* in uns wieder herstellt. Sie allein kann das Schicksal abwenden, das traurigste, das dem philosophierenden Verstande wider-

---

(84) * 1781, 1788 und 1790 waren die drei Kritiken Kants (1724 – 1804) erschienen, seine grundlegenden philosophischen Hauptwerke; die Ausgabe von Bürgers Gedichten erschien 1789, im Jahr der Französischen Revolution.

fahren kann, über dem Fleiß des Forschens den Preis seiner Anstrengungen zu verlieren und in einer abgezognen Vernunftwelt für die Freuden der wirklichen zu ersterben. Aus noch so divergierenden Bahnen würde sich der Geist bei der Dichtkunst wieder zurechtfinden und in ihrem verjüngenden Licht der Erstarrung eines frühzeitigen Alters entgehen. Sie wäre die jugendlichblühende Hebe, welche in Jovis[85] Saal die unsterblichen Götter bedient.

Dazu aber würde erfodert, daß sie selbst mit dem Zeitalter fortschritte, dem sie diesen wichtigen Dienst leisten soll; daß sie sich alle Vorzüge und Erwerbungen desselben zu eigen machte. Was Erfahrung und Vernunft an Schätzen für die Menschheit aufhäuften, müßte Leben und Fruchtbarkeit gewinnen und in Anmut sich kleiden in ihrer schöpferischen Hand. Die Sitten, den Charakter, die ganze Weisheit ihrer Zeit müßte sie, geläutert und veredelt, in ihrem Spiegel sammeln und mit idealisierender Kunst aus dem Jahrhundert selbst ein Muster für das Jahrhundert erschaffen. [. . .]

[. . .] Alles, was der Dichter uns geben kann, ist seine Individualität. Diese muß es also wert sein, vor Welt und Nachwelt ausgestellt zu werden. Diese seine *Individualität* so sehr als möglich zu veredeln, zur reinsten herrlichsten Menschheit hinaufzuläutern, ist sein erstes und wichtigstes Geschäft, ehe er es unternehmen darf, die Vortrefflichen zu rühren. Der höchste Wert seines Gedichtes kann kein andrer sein, als daß es der reine vollendete Abdruck einer interessanten Gemütslage eines interessanten vollendeten Geistes ist. Nur ein solcher Geist soll sich uns in Kunstwerken ausprägen; er wird uns in seiner kleinsten Äußerung kenntlich sein, und umsonst wird, der es *nicht ist,* diesen wesentlichen Mangel durch Kunst zu verstecken suchen. Vom Ästhetischen gilt eben das, was vom Sittlichen; wie es hier der moralisch vortreffliche Charakter eines Menschen al-

---

(85) * Hebe, Göttin der Jugendschönheit und Mundschenkin der Götter; Jovis: Genitiv von Jupiter (86) * Herrn Bürger

lein ist, der einer seiner einzelnen Handlungen den Stempel moralischer Güte aufdrücken kann, so ist es dort nur der reife, der vollkommene Geist, von dem das Reife, das Vollkommene ausfließt. Kein noch so großes Talent kann dem einzelnen Kunstwerk verleihen, was dem Schöpfer desselben gebricht, und Mängel, die aus dieser Quelle entspringen, kann selbst die Feile nicht wegnehmen.

[...] Aber darf wohl diesem Maßstab auch ein Dichter unterworfen werden, der sich ausdrücklich als »Volkssänger« ankündigt und *Popularität* [...] zu seinem höchsten Gesetz macht? Wir sind weit entfernt, Hn. B.[86] mit dem schwankenden Wort »Volk« schikanieren zu wollen; vielleicht bedarf es nur weniger Worte, um uns mit ihm darüber zu verständigen. Ein Volksdichter in jenem Sinn, wie es Homer *seinem* Weltalter oder die Troubadours dem ihrigen waren, dürfte in unsern Tagen vergeblich gesucht werden. Unsre Welt ist die homerische nicht mehr, wo alle Glieder der Gesellschaft im Empfinden und Meinen ungefähr *dieselbe* Stufe einnahmen, sich also leicht in derselben Schilderung erkennen, in denselben Gefühlen begegnen konnten. Jetzt ist zwischen der *Auswahl* einer Nation und der *Masse* derselben ein sehr großer Abstand sichtbar, wovon die Ursache zum Teil schon darin liegt, daß Aufklärung der Begriffe und sittliche Veredlung ein zusammenhängendes Ganze ausmachen, mit dessen Bruchstücken nichts gewonnen wird. Außer diesem Kulturunterschied ist es noch die Konvenienz, welche die Glieder der Nation in der Empfindungsart und im Ausdruck der Empfindung einander so äußerst unähnlich macht. Es würde daher umsonst sein, willkürlich in *Einen* Begriff zusammenzuwerfen, was längst schon keine Einheit mehr ist. Ein Volksdichter für unsre Zeiten hätte also bloß zwischen dem *Allerleichtesten* und dem *Allerschweresten* die Wahl: entweder sich ausschließend der Fassungskraft des großen Haufens zu bequemen und auf den Beifall der gebildeten Klasse Verzicht zu tun – oder den ungeheuren Abstand, der zwischen beiden sich befindet, durch die Größe seiner Kunst aufzuheben und beide Zwecke vereinigt zu verfolgen. Es fehlt uns nicht an Dichtern, die in der ersten Gattung glücklich gewesen sind und sich bei *ihrem* Publikum Dank verdient haben; aber nimmermehr kann ein Dichter von Hn. Bürgers Genie die Kunst und sein Talent so tief herabgesetzt haben, um nach einem so gemeinen Ziele zu streben. Popularität ist ihm, weit entfernt, dem Dichter die Arbeit zu erleichtern oder mittelmäßige Talente zu bedecken, eine Schwierigkeit *mehr,* und fürwahr eine so schwere Aufgabe, daß ihre glückliche Auflösung der höchste Triumph des Genies genannt werden kann. Welch Unternehmen, dem ekeln Geschmack des Kenners Genüge zu leisten, ohne dadurch dem großen Haufen ungenießbar zu sein – ohne der Kunst etwas von ihrer Würde zu vergeben, sich an den Kinderverstand des Volks anzuschmiegen. Groß, doch nicht unüberwindlich, ist diese Schwierigkeit; das ganze Geheimnis, sie aufzulösen – glückliche Wahl des Stoffs und höchste Simplizität in Behandlung desselben. Jenen müßte der Dichter ausschließend nur unter Situationen und Empfindungen wählen, die dem Menschen als Menschen eigen sind. Alles, wozu Erfahrungen, Aufschlüsse, Fertigkeiten gehören, die man nur in positiven und künstlichen Verhältnissen erlangt, müßte er sich sorgfältig untersagen und durch diese reine Scheidung dessen, was im Menschen bloß *menschlich* ist, gleichsam den verlornen Zustand der Natur zurückrufen. In stillschweigendem Einverständnis mit den Vortrefflichsten seiner Zeit würde er die Herzen des Volks an ihrer weichsten und bildsamsten Seite fassen, durch das geübte Schönheitsgefühl den sittlichen Trieben eine Nachhülfe geben und das Leidenschaftsbedürfnis, das der Alltagspoet so geistlos und oft so schädlich befriedigt, für die Reinigung der Leidenschaft nutzen. Als der aufgeklärte, verfeinerte *Wortführer der Volksgefühle* würde er dem hervorströmenden, Sprache suchenden Affekt der Liebe, der Freude, der Andacht, der Traurigkeit, der Hoffnung u. a. m. einen reinern und geistreichern Text unterlegen; er wür-

de, indem er ihnen den Ausdruck lieh, sich zum Herrn dieser Affekte machen und ihren rohen, gestaltlosen, oft tierischen Ausbruch noch auf den Lippen des Volks veredeln. Selbst die erhabenste Philosophie des Lebens würde ein solcher Dichter in die einfachen Gefühle der Natur auflösen, die Resultate des mühsamsten Forschens der Einbildungskraft überliefern und die Geheimnisse des Denkers in leicht zu entziffernder Bildersprache dem Kindersinn zu erraten geben. Ein Vorläufer der hellen Erkenntnis, brächte er die gewagtesten Vernunftwahrheiten, in reizender und verdachtloser Hülle, lange vorher unter das Volk, ehe der Philosoph und Gesetzgeber sich erkühnen dürfen, sie in ihrem vollen Glanze heraufzuführen. Ehe sie ein Eigentum der Überzeugung geworden, hätten sie durch *ihn* schon ihre stille Macht an den Herzen bewiesen, und ein ungeduldiges einstimmiges Verlangen würde sie endlich von selbst der Vernunft abfodern. [. . .]
Also weit entfernt, daß bei Gedichten, welche für das Volk bestimmt sind, von den höchsten Foderungen der Kunst etwas nachgelassen werden könnte, so ist vielmehr zu Bestimmung ihres Werts (der nur in der glücklichen Vereinigung so verschiedner Eigenschaften besteht) wesentlich und nötig, mit der Frage anzufangen: Ist der Popularität nichts von der höhern Schönheit aufgeopfert worden? Haben sie, was sie für die Volksmasse an Interesse gewannen, nicht für den Kenner verloren?
Und hier müssen wir gestehen, daß uns die Bürgerischen Gedichte noch sehr viel zu wünschen übrig gelassen haben, daß wir in dem größten Teil derselben den milden, sich immer gleichen, immer hellen, männlichen Geist vermissen, der, eingeweiht in die Mysterien des Schönen, Edeln und Wahren, zu dem Volke bildend herniedersteigt, aber auch in der vertrautsten Gemeinschaft mit demselben nie seine himmlische Abkunft verleugnet. Hr. B. *vermischt* sich nicht selten mit dem Volk, zu dem er sich nur herablassen sollte, und anstatt es scherzend und spielend zu sich hinaufzuziehen, gefällt es ihm oft, sich ihm gleich zu machen. Das Volk, für das

er dichtet, ist leider nicht immer dasjenige, welches er unter diesem Namen gedacht wissen will. [. . .] Wenn wir anders aber einen Volksdichter richtig schätzen, so besteht sein Verdienst nicht darin, jede Volksklasse mit irgend einem, ihr besonders genießbaren, Liede zu versorgen, sondern in jedem einzelnen Liede jeder Volksklasse genug zu tun.

Wir wollen uns aber nicht bei Fehlern verweilen, die eine unglückliche Stunde entschuldigen, und denen durch eine strengere Auswahl unter seinen Gedichten abgeholfen werden kann. Aber daß sich diese Ungleichheit des Geschmacks sehr oft in demselben Gedichte findet, dürfte ebenso schwer zu verbessern als zu entschuldigen sein. Rez. muß gestehen, daß er unter allen Bürgerischen Gedichten (die Rede ist von denen, welche er am reichlichsten aussteuerte) beinahe keines zu nennen weiß, das ihm einen durchaus reinen, durch gar kein Mißfallen erkauften Genuß gewährt hätte. War es entweder die vermißte Übereinstimmung des Bildes mit dem Gedanken oder die beleidigte Würde des Inhalts oder eine zu geistlose Einkleidung, war es auch nur ein unedles, die Schönheit der Gedanken entstellendes Bild, ein ins Platte fallender Ausdruck, ein unnützer Wörterprunk, ein (was doch am seltensten ihm begegnet) unechter Reim oder harter Vers, was die harmonische Wirkung des Ganzen störte: so war uns diese Störung bei so vollem Genuß um so widriger, weil sie uns das Urteil abnötigte, daß der Geist, der sich in diesen Gedichten darstellte, kein gereifter, kein vollendeter Geist sei, daß seinen Produkten nur deswegen die letzte Hand fehlen möchte, weil sie – ihm selbst fehlte. [. . .]

Eine der ersten Erfodernisse des Dichters ist Idealisierung, Veredlung, ohne welche er aufhört, seinen Namen zu verdienen. Ihm kommt es zu, das Vortreffliche seines Gegenstandes (mag dieser nun Gestalt, Empfindung oder Haltung sein, *in* ihm oder *außer* ihm wohnen) von gröbern, wenigstens fremdartigen Beimischungen zu befreien, die in mehrern Gegenständen zerstreuten Strahlen von Vollkommenheit in einem einzigen zu sammeln, einzelne, das Ebenmaß störende Züge der Harmonie des Ganzen zu unterwerfen, das Individuelle und Lokale zum Allgemeinen zu erheben. Alle Ideale, die er auf diese Art im einzelnen bildet, sind gleichsam nur Ausflüsse eines innern Ideals von Vollkommenheit, das in der Seele des Dichters wohnt. Zu je größerer Reinheit und Fülle er dieses innere allgemeine Ideal ausgebildet hat, desto mehr werden auch jene einzelnen sich der höchsten Vollkommenheit nähern. *Diese* Idealisierkunst vermissen wir bei Hn. Bürger. Außerdem, daß uns seine Muse überhaupt einen zu sinnlichen, oft gemeinsinnlichen Charakter zu tragen scheint, daß ihm Liebe selten etwas anders als Genuß oder sinnliche Augenweide, Schönheit oft nur Jugend, Gesundheit, Glückseligkeit nur Wohlleben ist, möchten wir die Gemälde, die er uns aufstellt, mehr einen Zusammenwurf von Bildern, eine Kompilation von Zügen, eine Art *Mosaik* als Ideale nennen. Will er uns z. B. weibliche Schönheit malen, so sucht er zu jedem einzelnen Reiz seiner Geliebten ein demselben korrespondierendes Bild in der Natur umher auf, und daraus erschafft er sich seine Göttin. [. . .] Es kann nicht fehlen, daß dieser üppige Farbenwechsel auf den ersten Anblick hinreißt und blendet, Leser besonders, die nur für das Sinnliche empfänglich sind und, den Kindern gleich, nur das *Bunte* bewundern. Aber wie wenig sagen Gemälde dieser Art dem verfeinerten Kunstsinn, den nie der Reichtum, sondern die weise Ökonomie, nie die Materie, nur die Schönheit der Form, nie die Ingredienzien, nur die Feinheit der Mischung befriedigt! Wir wollen nicht untersuchen, wie viel oder wenig Kunst erfodert wird, in dieser Manier zu erfinden; aber wir entdecken bei dieser Gelegenheit an uns selbst, wie wenig dergleichen Matadorstücke der Jugend die Prüfung eines männlichen Geschmacks aushalten. Es konnte uns eben darum auch nicht sehr angenehm überraschen, als wir in dieser Gedichtsammlung, einem Unternehmen reiferer Jahre, sowohl ganze Gedichte als einzelne Stellen und Ausdrücke wiederfanden (das Klinglingling, Hopp Hopp Hopp, Huhu, Sasa,

Trallyrum larum u. dgl. m. nicht zu vergessen), welche nur die poetische Kindheit ihres Verfassers entschuldigen und der zweideutige Beifall des großen Haufens so lange durchbringen konnte. Wenn ein Dichter, wie Hr. B., dergleichen Spielereien durch die Zauberkraft seines Pinsels, durch das Gewicht seines Beispiels in Schutz nimmt: wie soll sich der unmännliche, kindische Ton verlieren, den ein Heer von Stümpern in unsere lyrische Dichtkunst einführte? [. . .]

Am meisten vermißt man die Idealisierkunst bei Hn. B., wenn er Empfindung schildert; dieser Vorwurf trifft besonders die neuern Gedichte, großenteils an Molly gerichtet, womit er diese Ausgabe bereichert hat. So unnachahmlich schön in den meisten Diktion und Versbau ist, so poetisch sie *gesungen* sind, so *unpoetisch* scheinen sie uns *empfunden*. [. . .] Sie sind nämlich nicht bloß *Gemälde* dieser eigentümlichen (und sehr undichterischen) Seelenlage, sondern sie sind offenbar auch *Geburten* derselben. Die Empfindlichkeit, der Unwille, die Schwermut des Dichters sind nicht bloß der *Gegenstand,* den er besingt, sie sind leider oft auch der *Apoll,* der ihn begeistert. Aber die Göttinnen des Reizes und der Schönheit sind sehr eigensinnige Gottheiten. Sie belohnen nur die Leidenschaft, die sie selbst einflößten; sie dulden auf ihrem Altar nicht gern ein ander Feuer als das Feuer einer reinen, uneigennützigen Begeisterung. Ein erzürnter Schauspieler wird uns schwerlich ein edler Repräsentant des Unwillens werden; ein Dichter nehme sich ja in Acht, mitten im Schmerz den Schmerz zu besingen. So, wie der Dichter selbst bloß leidender Teil ist, muß seine Empfindung unausbleiblich von ihrer idealischen Allgemeinheit zu einer unvollkommenen Individualität herabsinken. Aus der sanftern und fernenden Erinnerung mag er dichten, und dann desto besser für ihn, je mehr er an sich erfahren hat, was er besingt; aber ja niemals unter der gegenwärtigen Herrschaft des Affekts, den er uns schön versinnlichen soll. Selbst in Gedichten, von denen man zu sagen pflegt, daß die Liebe, die Freundschaft u. s. w. selbst

dem Dichter den Pinsel dabei geführt habe, hatte er damit anfangen müssen, sich selbst fremd zu werden, den Gegenstand seiner Begeisterung von seiner Individualität loszuwickeln, seine Leidenschaft aus einer mildernden Ferne anzuschauen. Das Idealschöne wird schlechterdings nur durch eine Freiheit des Geistes, durch eine Selbsttätigkeit möglich, welche die Übermacht der Leidenschaft aufhebt. [. . .]
Wenn wir bei Gedichten, von denen sich unendlich viel Schönes sagen läßt, nur auf die fehlerhafte Seite hingewiesen haben, so ist dies, wenn man will, eine Ungerechtigkeit, der wir uns nur gegen einen Dichter von Hn. B. Talent und Ruhm schuldig machen konnten. Nur gegen einen Dichter, auf den so viele nachahmende Federn lauern, verlohnt es sich der Mühe, die *Partei der Kunst* zu ergreifen; und auch nur das große Dichtergenie ist imstande, den Freund des Schönen an die *höchsten* Foderungen der Kunst zu erinnern, die er bei dem mittelmäßigen Talent entweder freiwillig unterdrückt oder ganz zu vergessen in Gefahr ist. Gerne gestehen wir, daß wir das ganze Heer von unsern jetzt lebenden Dichtern, die mit Hn. B. um den lyrischen Lorbeerkranz ringen, gerade so tief unter *ihm* erblicken, als er, unsrer Meinung nach, selbst unter dem höchsten Schönen geblieben ist. Auch empfinden wir sehr gut, daß vieles von dem, was wir an seinen Produkten tadelnswert fanden, auf Rechnung *äußrer* Umstände kommt, die seine genialische Kraft in ihrer schönsten Wirkung beschränkten, und von denen seine Gedichte selbst so rührende Winke geben. Nur die heitre, die ruhige Seele gebiert das Vollkommene. Kampf mit äußern Lagen und Hypochondrie, welche überhaupt jede Geisteskraft lähmen, dürfen am allerwenigsten das Gemüt des Dichters belasten, der sich von der Gegenwart loswickeln und frei und kühn in die Welt der Ideale emporschweben soll. Wenn es auch noch so sehr in seinem Busen stürmt, so müsse Sonnenklarheit seine Stirne umfließen. [. . .]

Schillers Werke. Nationalausgabe, 22. Bd.: Verm. Schriften. Hrsg. v. Herbert Meyer. Böhlau, Weimar 1958, S. 245–259. Ausschnitte.

IV. ››Sturm und Drang‹‹ in heutiger Sicht

1. Christoph Siegrist: Aufklärung und Sturm und Drang – Gegeneinander oder Nebeneinander?

(1978)

Daß der Sturm und Drang sich konträr zur Aufklärung verhalte und sich in Opposition zu dieser entwickelt habe, gehört zu den meist unkritisch tradierten Topoi der Literaturgeschichtsschreibung: allzuglatt scheint die Dialektik von Rationalismus, Irrationalismus und versöhnender wie versöhnter Klassik aufzugehen. Bei genauerem Zusehen verläuft der geschichtliche Prozeß unschematischer und komplexer: weder läßt Aufklärung sich als geschlossenes Konzept von Rationalisierung allein begreifen, noch wird sie abgelöst oder überwunden durch ein Gegenmodell; Aufklärung bedeutet vielmehr einen umfassenderen Prozeß, der in sich vielschichtig weiterläuft bis ins 19. Jh. hinein.

Es kann sich hier nicht darum handeln, das Problem literarischer Periodisierung generell zu exponieren; als von außen und ex post oktroyierte Setzung gliedert sie die Vielfalt der historischen Phänomene in überschaubare Einheiten. Dieser ihr heuristischer Charakter verbietet es, die Epochenbegriffe als reale aufzufassen, sie ihres Hilfscharakters zu entkleiden – gerade Zeiträume, in denen sich (wie am Ende des 18. oder des 19. Jh.s) mehrere geistige Bewegungen überschneiden, sollten da zur Vorsicht mahnen. Aufklärung läuft durchaus weiter neben dem, was sich von ihr als Empfindsamkeit und Sturm und Drang loszulösen sucht, verändert sich aber in diesem Differenzierungsprozeß und beeinflußt damit wiederum die von ihr divergierenden synchronen Konzepte – das Wechselverhältnis wäre unter dem Gesichtspunkt der *Komplementarität* zu beschreiben. Bis in die

Individualbiographie hinein läßt solche sich wechselseitig forttreibende und gegenseitig sich ergänzende Entwicklung sich beobachten, am augenfälligsten bei Goethe: Die »Großepoche« Goethezeit soll die Widersprüchlichkeit wie die Einheitlichkeit eines Zeitraumes zu einem vom großen Individuum bestimmten übergreifenden Prozeß zusammenfassen – so die Korffsche[87] weitverbreitete These, illegitimes Kind jener von Hegel und Heine formulierten geschichtsphilosophischen Einsicht, wonach Goethe das Ende der Kunstperiode markiere. Dieser avanciert zur exemplarischen Verkörperung geistiger wie historischer Abläufe, er repräsentiert individuell die generelle Entwicklung: eine zu einfache Form der Verbindung von Besonderem und Allgemeinem, die einerseits der Selbststilisierung Goethes, andrerseits einem Wunschbild versöhnter Zeitgenossenschaft wie der Geschichtsmächtigkeit überragender Geister entsprungen ist. Zieht man überdies die Differenzen zur Epocheneinteilung der Historiker, darüber hinaus die Ungleichzeitigkeiten in den anderen Künsten hinzu, wird der arbiträre, mithin stets aufs neue kritisch zu hinterfragende Charakter der Periodisierung als interessegesteuerter, überdies selbst historischer Vorgang deutlich.

So soll im folgenden versucht werden, den Sturm und Drang nicht – wie bis anhin zumeist – als Gegenbewegung zur Aufklärung, sondern als deren Abwandlung und Ergänzung darzustellen; es soll also nicht mit der Irrationalismusthese geliebäugelt, sondern nach den Bedingungen der Möglichkeit von Differenzierungen im Rahmen von Gemeinsamkeit gefragt werden, wobei man die Tatsache nicht aus den Augen verlieren sollte, daß es sich bei dieser Konstellation um eine spezifisch deutsche Sonderentwicklung innerhalb eines gesamteuropäischen Vorganges handelt. Doch auch die Hypostasierung des Sturm und Drang zur Vollendung der Aufklärung, wie die Literaturwissenschaft der DDR sie un-

---

(87) * Hermann August Korff, Literaturwissenschaftler (1882 – 1963)

ternimmt, kann aus dieser Sicht nicht akzeptiert werden, die die Funktion der Komplementarität herauszuarbeiten sucht.

Der Sturm und Drang gehört zu jenen Epochenbezeichnungen, die von ihren Anhängern selbst kreiert wurden; in seiner schlagwortartigen Griffigkeit enthält er ein Programm in nuce (wie Aufklärung, Romantik, Expressionismus u. a.), dessen unkritische Übernahme zu einem meist verwaschenen Klischee in der Literaturgeschichtsschreibung geführt hat, sofern man nicht genauer den Gründen für die Sezessionsbewegung nachfragte. Einige der immer wieder behaupteten Bestimmungen wie die der Generationseinheit und der Gruppenbildung erweisen sich bei näherem Zusehen als fragwürdig: Die Geburtsdaten jener, die sich der Bewegung selbst zurechneten, liegen fast eine Generation auseinander (zwischen 1730 [Hamann] und 1759 [Schiller]). Unbestreitbar bleibt dagegen die Tatsache, daß die in Frage kommenden Publikationen von jungen Autoren abgefaßt wurden. Zu einer latent vorhandenen pubertären Rebellionsbereitschaft mußten demnach objektive Bedingungen hinzutreten, damit sich eine »Jugendbewegung« (wie später am Anfang des 20. Jh.s) formieren konnte; der Rekurs auf biologischen Zwang genügt als Erklärungsmodell nicht. Anders als mit der biologischen verhält es sich mit der ideologischen Kategorie »Jugend« als Gegenbegriff zu dem wiederum verabsolutierten »Alten«, unter das man alles Überlieferte, insbesondere alles Autoritäre subsumierte; Verjüngung wird als Fortschreiten im Sinne von notwendiger Regeneration verstanden. Die Invektiven der Stürmer und Dränger gegen das so verstandene Alter nahmen nicht selten aggressive Formen an. Ihre Neigung zum Nichtorganisierten, Spontanen zeigt sich in der Bevorzugung persönlicher Kontakte gegenüber der schriftlichen Mitteilung; gemeinsames Reisen und Erleben verbinden unmittelbarer als die distanzierte literarische Briefkommunikation, wie die Aufklärer sie kultivierten. Dennoch ergaben sich nur sporadische Gruppenbildungen (Beispiel: der zufällig um Herder sich bildende Straßburger Kreis) ohne feste Organisation im Gegensatz etwa zum Göttinger Hain. [. . .]

Ch. Siegrist: Aufklärung und Sturm und Drang – Gegeneinander oder Nebeneinander? In: Hinck, Walter (Hrsg.): Sturm und Drang. Ein literaturwissenschaftliches Studienbuch. Athenäum, Kronberg/Ts. 1978, S. 1–13 (hier S. 1 f.). Ausschnitt.

2. Arnold Hauser: [Entstehung und Gefahr des Irrationalismus]

(1969)

[. . .] Die Welt erschien der Aufklärung als etwas durchaus Verständliches, Erklärbares und zu Erklärendes, dem Sturm und Drang hingegen als etwas grundsätzlich Unbegreifliches, Geheimnisvolles und, vom Standpunkt der menschlichen Vernunft, Sinnloses. Solche Anschauungen werden nicht einfach ausgedacht und logisch entwickelt. Die eine ist die Folge der Überzeugung, die Wirklichkeit erobern und beherrschen zu können, die andere der Ausdruck des Gefühls, in dieser Wirklichkeit verloren und verlassen zu sein. Ganze Gesellschaftsschichten und Generationen geben die Welt nicht freiwillig auf; und wenn sie dazu gezwungen werden, erfinden sie oft die schönsten Philosophien, Märchen und Mythen, durch die sie den Zwang, dem sie erliegen, in die Sphäre der Freiheit, der Geistigkeit und Innerlichkeit erheben. So ist auch die Lehre von der Selbstverwirklichung der Idee in der Geschichte, dem kategorischen Imperativ des sittlichen Menschen, dem sich selbst auferlegten Gesetz des schöpferischen Künstlers und ähnlichem mehr entstanden. Nichts spiegelt aber die Motive, aus welchen der Sturm und Drang sein Weltbild entwickelt, so scharf und vielseitig wie der Begriff des künstlerischen Genies, den man nun an die Spitze der menschlichen Werte stellt. Der Begriff enthält vor allem die Merkmale des Irrationalen und Subjektiven, die die Vorromantik der dogmatischen und generalisierenden Aufklärung gegenüber betont, die Aufhebung des äußeren Zwanges in eine innere Freiheit, die gleichzeitig ein Rebell und ein Despot ist, und schließlich das Prinzip der Originalität, die in dieser Geburtsstunde des freien Literatentums und der sich stündlich verschärfenden geistigen Konkurrenz zur wichtigsten Waffe im Existenzkampf der Intelligenz wird. Das künstlerische Schaffen, das sowohl für den höfischen Klassizismus als auch für die Aufklärung eine eindeutig definierbare, auf erklärbaren und erlernbaren Geschmacksregeln beruhende geistige Tätigkeit war, erscheint jetzt als ein geheimnisvoller Prozeß, der von so unergründlichen Quellen wie göttlicher Eingebung, blinder Intuition, unberechenbarer Stimmung hergeleitet wird. Für den Klassizismus und die Aufklärung war das Genie eine durch Vernunft, Theorie, Geschichte, Tradition und Konvention gebundene höhere Intelligenz, für die Vorromantik und den Sturm und Drang wird es zur Personifikation eines Ideals, für welches vor allem das Fehlen dieser Bindungen bezeichnend ist. Das Genie rettet sich aus der Misere des Alltags in ein Traumland der grenzenlosen Willkür. Hier lebt es nicht nur frei von den Fesseln der Vernunft, sondern ist zugleich im Besitz von mystischen Kräften, die ihm die gewöhnliche Sinneserfahrung entbehrlich machen. »Das Genie ahndet, das heißt, sein Gefühl läuft der Beobachtung vor. Das Genie beobachtet nicht. Es *sieht,* es fühlt« – sagt Lavater[88]. Die irrationalen, unbewußten, schöpferischen Züge des Geniebegriffes finden sich zwar schon in der westeuropäischen Vorromantik, vor allem in den *›Conjectures on Original Composition‹* (1759) Edward Youngs, hier verhält sich aber noch das Genie zu dem bloßen Talent wie ein »Zauberer« zu einem guten »Baumeister«, in der Kunstphilosophie der Stürmer und Dränger wird er dagegen zum revoltierenden, über-

(88) * Johann Kaspar Lavater (1741 – 1801), Vertreter gefühlsbetonter Frömmigkeit, versuchte aus den Gesichtszügen den Charakter zu erschließen

menschlichen, göttergleichen Titan. Wir stehen keinem Schwarzkünstler mehr gegenüber, dessen Handgriffe wohl unkontrollierbar, aber keineswegs unnatürlich sind, sondern dem Hüter einer geheimnisvollen Weisheit, dem »Aussprecher unaussprechlicher Dinge« und dem Gesetzgeber einer eigenen, eigengesetzlichen Welt. Das, was diesen Geniebegriff von dem Youngschen unterscheidet, ist vor allem sein extremer, durch die besonderen deutschen Verhältnisse bedingter Subjektivismus. Die persönlichen Züge des künstlerischen Schaffens waren bereits sowohl dem Hellenismus[89] als auch der Renaissance bekannt, keine dieser Epochen gelangte jedoch zu einem Begriff der Kunst, dessen Subjektivismus mit dem des 18. Jahrhunderts vergleichbar gewesen wäre. Aber auch im 18. Jahrhundert entwickelte sich der künstlerische Subjektivismus nur in Deutschland zu jener Originalitätssucht, die mit dem Protest gegen den Dogmatismus der Aufklärung und der Selbstreklame der miteinander konkurrierenden Literaten allein nicht erklärt werden kann. Man muß, um sie richtig zu verstehen, auch die maßlose Verehrung, die man hier dem Kraftmenschen, dem »ganzen Kerl«, entgegenbrachte, berücksichtigen. Dieser überspitzte Subjektivismus, der nicht grundlos als »akute Bürgertollheit« bezeichnet worden ist, konnte selbstverständlich nur in einer relativ ungebundenen, von der Standesmoral und der Klassensolidarität der Aristokratie unabhängigen und durch den Geist der freien Konkurrenz beherrschten, bürgerlichen Welt entstehen, ohne den psychologischen Antagonismus der unterdrückten, eingeschüchterten deutschen Intelligenz aber, die stets nach Kompensationen suchte und zwischen Unterwürfigkeit und Überhebung, Weltschmerz und Kraftmenschentum hin und her pendelte, hätte er kaum die pathologische Form angenommen, die dem Sturm und Drang eigentümlich ist. Ohne diesen inneren Widerspruch und diese Tendenz zur Überkompensierung aber wäre nicht nur der Subjekti-

(89) * Zeit von Alexander dem Großen bis Christi Geburt

vismus, sondern auch die Formauflösung der deutschen Vorromantik, ihre Flucht in die Maß- und Gestaltlosigkeit, ihre Doktrin von der prinzipiellen Unwahrheit und Unzulänglichkeit alles Geformten, undenkbar. Die fremd und feindlich gewordene Welt wollte sich ihr nicht zur bewältigten Form zusammenschließen, und so machte sie aus der Atomisiertheit ihres Weltbildes und der Bruchstückartigkeit ihres Erlebnisses ein Symbol des Daseins. Goethes Diktum von der Unwahrheit jeder Form stammt aus dem Lebensgefühl dieser Generation und entspricht im wesentlichen den Worten Hamanns, daß alles System »schon an sich ein Hindernis der Wahrheit sei«.

Der Sturm und Drang war in seiner soziologischen Struktur noch komplizierter als die westeuropäischen Formen der Vorromantik, und zwar nicht nur, weil das deutsche Bürgertum und die deutsche Intelligenz mit der Aufklärung nie tief genug verwachsen waren, um die Ziele der Bewegung scharf im Auge zu behalten und davon nicht abzuirren, sondern auch weil ihr Kampf gegen den Rationalismus des absolutistischen Regimes zugleich ein Kampf gegen die fortschrittlichsten Tendenzen des Zeitalters war. Sie wurden sich der Tatsache nie bewußt, daß der Rationalismus der Fürsten eine geringere Gefahr für die Zukunft bedeutete als der Irrationalismus ihrer eigenen Standesgenossen. Sie wurden somit aus den Feinden des Despotismus zu den Werkzeugen der Reaktion und förderten durch ihre Angriffe gegen den bürokratischen Zentralismus nur die ständischen Interessen. Ihr Kampf richtete sich selbstverständlich nicht gegen die gesellschaftliche Nivellierungstendenz des Systems, an welcher sich die aristokratischen und großbürgerlichen Interessen stießen, sondern gegen seine generalisierende, die geistigen Unterschiede und Varietäten vergewaltigende Wirkung. Sie spielten gegen den starren Formalismus der rationalisierten Verwaltung die Rechte des lebendigen Lebens, des natürlichen Wachstums, der organischen Entwicklung aus und meinten damit nicht nur die Verneinung des mechanisch verallgemeinernden und reglementierenden Beamtenstaates, sondern auch die des planenden und regulierenden Reformgeistes der Aufklärung. Und obgleich die Idee des spontanen, irrationalen Lebens noch einen schwankenden Charakter trug und wohl einen aufklärungsfeindlichen, aber noch keinen ausgesprochen konservativen Sinn hatte, so enthielt sie doch schon die Philosophie des Konservativismus im Kern. Es gehörte nicht mehr viel dazu, um diesem Prinzip des »Lebens« eine mystische Übervernünftigkeit zuzuschreiben, der gegenüber der Rationalismus des aufklärerischen Denkens als künstlich, unelastisch und doktrinär erschien, und die Entstehung der politischen und sozialen Institutionen aus dem historischen Leben als ein »natürliches«, das heißt übermenschliches und überrationales Wachstum darzustellen, um diese Institutionen gegen jeden willkürlichen Eingriff zu beschützen und den Bestand der gegebenen Machtverhältnisse zu sichern. [. . .]

Arnold Hauser: Sozialgeschichte der Kunst und Literatur. Beck, München 1969, S. 635–638. Ausschnitt.

3. Autorenkollektiv: Literarische Revolution und Krise des Feudalismus

(1978)

Sturm und Drang – das klingt wie eine Fanfare. Es stammt von einem Dramentitel und darf gewiß als programmatischer Ruf verstanden werden, unter dem sich eine junge literarische Generation um 1770 zusammenfand, so gegensätzliche Temperamente und auseinanderstrebende Ansichten sie auch umfaßte. Gemeinsam war allen, die sich zugehörig fühlten, ein jugendliches Aufbegehren gegen alle Schranken, die sich ihren Lebensansprüchen entgegenstellten. In ihrem Stürmen und Drängen bekundet sich ein ungeduldiger Wille, verschlossene Pforten aufzubrechen, Altes, Zerfallenes niederzureißen und Neues zu errichten.

Die Sturm-und-Drang-Bewegung war eine ästhetisch-literarische Revolution, die trotz ihrer kurzen Blüte in der Geschichte der deutschen Dichtung unauslöschliche Spuren hinterlassen hat. Aber sie wurde weder von einer politischen Revolution getragen, noch konnte sie gar eine solche bewirken. Der Sturm und Drang war eingebunden in die seit der Wende vom 16. zum 17. Jahrhundert in ein neues Stadium getretenen Auseinandersetzungen zwischen dem kleinfürstlichen Feudalismus, der verengten deutschen Form des europäischen nationalstaatlichen Absolutismus, und dem Bürgertum, das sich aus den das 18. Jahrhundert auch in Deutschland mehr und mehr bestimmenden Ideen der Aufklärung den Mut zu einer allmählichen Emanzipation holte. Hier knüpfte auch der Sturm und Drang an, vielfach die Tonart verschärfend und die Forderungen konkretisierend.

Der Charakter des Sturm und Drang ist von der Diskrepanz zwischen einer ausgereiften literarisch revolutionären und einer nicht ausgereiften politisch revolutionären Situation bestimmt. (Unter »literarisch revolutionär« darf hier nicht eine Literatur verstanden werden, die unmittelbar auf eine Revolution gerichtet ist, sondern eine solche, die durch ihre gesellschaftskritischen Ideen wie durch die entsprechende Anwendung der Gattungen einen derartigen Qualitätsumschwung gegenüber früheren Bestrebungen erreicht, daß die ideologische Vorbereitung der Revolution entschieden vorangetrieben wird.) Da aber die Literatur die Wirklichkeit widerspiegelt, muß zwischen den beiden verschiedenen Situationen eine enge Wechselbeziehung bestehen, die es aufzuhellen gilt.

In der ökonomischen Entwicklung des 18. Jahrhunderts mit ihrem Widerspruch zwischen dem unaufhaltsamen Erstarken der kapitalistischen Produktivkräfte und dem sie ausnutzenden kleinstaatlichen Feudalabsolutismus lassen sich deutliche Einschnitte erkennen, deren für unseren Zusammenhang wichtigster der um 1770 ist. Der Siebenjährige Krieg hatte eine gewisse Erschöpfung

auch der herrschenden Kaste in dem »sklavischsten Land Europas«, wie Lessing Preußen nannte, gebracht. Ferner hatten gerade die Kriege das Manufakturwesen begünstigt, da ja der Verbrauch an Massenwaren sehr groß war – man denke nur an die militärische Ausrüstung, an die Tuchweberei und die Schuhherstellung. In den Städten lockerten sich die Zunftgesetze, wenn man sie auch noch nicht ganz beseitigen konnte.
Reichte damals im allgemeinen bereits in normalen Jahren die deutsche Agrarproduktion nur eben aus, dürftig genug den inneren Bedarf zu decken, so mußten jegliche Komplikationen Teuerungswellen größten Umfangs und damit schwere Hungersnöte für breite Bevölkerungsschichten auslösen. So wurden in der Tat in dem Jahrzehnt nach der Beendigung des Siebenjährigen Krieges weite Teile Mitteleuropas mehrfach von heftigen Lebensmittelverknappungen heimgesucht, die zweifellos als Folgeerscheinungen der ungemein geringen landwirtschaftlichen Produktivität aufzufassen sind. Diese geringe landwirtschaftliche Produktivität war durch die Kriegseinwirkungen stellenweise noch weiter beeinträchtigt worden. Die schweren Krisen, die der Krieg der Landwirtschaft gebracht hatte, führten dazu, daß die Grundherren auf ihren Ländereien die Ausbeutung weiter verschärften. Die Fronarbeiter wurden häufig schon zu Lohnarbeitern, ohne daß sich an ihrer wirtschaftlichen Abhängigkeit etwas änderte. Diese ökonomische Modernisierung erweckt eine immer bewußtere Haltung in der bürgerlichen Intelligenz, die ihre Sympathien in steigendem Maße den betroffenen plebejischen und bäuerlichen Schichten zuwendet, zumal aus deren Reihen nun auch Schriftsteller hervorgehen.
Die bürgerliche Avantgarde erkannte immer deutlicher den Konflikt zwischen den neuen Produktivkräften bzw. den neuen ökonomischen Möglichkeiten und Forderungen der Gesellschaft und den alten Produktionsverhältnissen. Auf der Grundlage der von ihr signalisierten neuen ökonomischen Bedürfnisse der Gesellschaft schuf die Intelligenz der aufsteigenden Klasse

»neue gesellschaftliche Ideen« bzw. griff sie Ideen auf, die bereits im Verlaufe des fortgeschritteneren bürgerlichen Emanzipationskampfes in Westeuropa entstanden waren, und entwickelte sie der eigenen Situation gemäß schöpferisch weiter.

Es war die Aufgabe der Literatur als Bestandteil des werdenden Überbaus über der werdenden kapitalistischen Basis, dafür zu kämpfen, daß diese Basis zum Durchbruch gelangen konnte. Das Mißverhältnis bestand aber gerade darin, daß diese Basis nur keimhaft vorhanden war und daß bis zu ihrem Durchbruch noch sehr lange Zeit vergehen sollte.

Sturm und Drang. Erläuterungen zur deutschen Literatur. Hrsg. vom Kollektiv für Literaturgeschichte im Volkseigenen Verlag Volk und Wissen. Volk und Wissen, Berlin [5]1978, S. 19–20.

4. Paul Böckmann: [Die Einheit des Stils – Befreiung des Ichbewußtseins]

(1949)

[. . .] In allem Stilwandel bleibt es Aufgabe der Dichtung, den Menschen mit sich selbst bekannt zu machen und die Formen zu entwickeln und zu bewahren, in denen er sich als fühlendes, handelndes und leidendes Wesen seiner Welt bemächtigen kann. Die Formensprache des achtzehnten Jahrhunderts im besonderen läßt erkennen, wie über alle relativen Gegensätze von Aufklärung und Pietismus, Rationalismus und Irrationalismus hinweg eine eigentümliche Befreiung des Ichbewußtseins gelingt, das in der Ausdruckshaltung für alles Formschaffen eine neue Grundlage gewinnt.

Wenn man nun fragt, wie von dieser Ausdruckshaltung aus sich weitere Wege des literarischen Verhaltens eröffnen, so wird man zunächst festhalten müssen, daß wir bis in unsere Tage hinein an die Erwartung des ausdruckshaften Sprechens weitgehend gebunden geblieben sind und insofern immer noch in dem seit Herder erkennbaren Wirkungsraum stehen. Alle neuen Abwandlungen des literarischen Stilwillens scheinen noch die verpflichtende Bedeutung des je individuell gebundenen Ausdruckswillens anzuerkennen und vorauszusetzen. Insofern wird man sagen können, daß die literarische Formgeschichte seit Herder und dem Sturm und Drang nichts anderes sichtbar machen konnte als die Entfaltung der Ausdruckssprache zur Vielfalt der ihr eigenen Möglichkeiten. Die üblich gewordenen Einteilungen in Klassik, Romantik, Realismus, Naturalismus, Symbolismus sind nichts anderes als jeweils bestimmte Folgerungen aus der Grundsituation des ausdruckshaften Sprechens und eines verschieden begriffenen individuellen Persönlichkeitsbewußtseins. [. . .]

Paul Böckmann: Formgeschichte der deutschen Dichtung. Erster Band: Von der Sinnbildsprache zur Ausdruckssprache. Hoffmann und Campe, Hamburg ³1967, S. 692. Ausschnitt.

5. Werner Krauss: [Sturm und Drang als Vollendung der Aufklärung]

(1965)

[. . .] Sturm und Drang ist, wenn man so will, die Vollendung der Aufklärung, in keinem Fall aber eine gegenaufklärerische Bewegung gewesen. Zum ersten Mal hat eine Jugendbewegung die Führung des Zeitgeistes gefordert. [. . .]

Durch den Charakter der Jugendbewegung war aber dem Sturm und Drang ein zeitliches Maß gesetzt: Die Geltung der grundlegenden Ausgangserfahrungen und Urerlebnisse ließ sich gegenüber einer im schnellsten Tempo veränderten Wirklichkeit nicht lange aufrechterhalten. Der Sturm und Drang hatte mit leidenschaftlichem Überzeugungsmut den Weg der politischen und der gesellschaftlichen Reformen betreten. Die Einheit von Dichter und Praktiker erzeugte den enthusiastischen Sinn der Bewegung. Doch gerade auf dem Boden der Praxis war das Scheitern der besten Vorsätze unausweichlich. Die Front der Regierenden und der Privilegierten blieb unverrückbar und undurchdringlich bestehen. Trotz günstiger Voraussetzungen vermochte selbst Goethe in dem seinem Einfluß weitgeöffneten kleinen Land den Widerständen der Tradition nichts abzuringen. [. . .]

Werner Krauss: Zur Konstellation der deutschen Aufklärung. In: Krauss, Werner: Perspektiven und Probleme. Luchterhand, Neuwied 1965, S. 143–265 (hier S. 250). Ausschnitt.